叶毓中·杜甫诗意书画

【书法卷】

四川出版集团
四川美术出版社

画家、诗人　叶毓中

中央美术学院教授，享受国务院政府特殊津贴的专家。美术教育家、理论家。

曾任中国美术协会领导成员、中国美术家协会理事、第一届中国画艺术委员会委员、《美术》杂志社主编兼社长、中央美术学院副院长。

1941年生于四川德阳。早年与胞兄叶毓山（雕塑家，原四川美术学院院长）同习中国画、书法、诗词和篆刻。

1957年考入四川美术学院附中，毕业后升入四川美术学院中国画系。

1965年四川美术学院毕业后，被选入中国人民解放军新疆军区，历任干事、创作员、一级美术师。

1983年应邀为中央美术学院兼职教授，后转业至中央美术学院，历任系副主任、主任、副院长。

目　录

杜诗书法十二问

叶毓中

在完成这些作品时，同学们提过不少问题，大体上可以归纳为十二个，现将我的讲解摘要如下：

问：选择杜甫的诗有何含意？
答：今年是杜甫诞生1295年，应成都杜甫草堂博物馆相邀，举办“杜甫诗意画展”。以书法这种艺术形式表现杜甫的诗篇，是纪念文化先贤，也是文化承传的一种表现形式。我们有书画一家的习俗，画杜甫诗意，书杜甫的诗篇，是顺其自然。

问：安排不同书体，有何思考？
答：当今书法的实用性已经消失，但它的动态过程（文字的产生、文字形态的演化、文字从符号到书法、书法作为艺术样式的变化）永远都有魅力。书体即是书形，甲骨、钟鼎、篆、隶、帛、真、草……，可以说它们魅力无穷。

问：造型是书法的根本。那笔墨不是书法的根本？
答：甲骨文、钟鼎文，都不是笔完成的，没有早期的文字，哪有以后的书法！笔、墨是在笔、墨介入文字形成之后，这种先、后混淆不得。笔有早期和后期的差异，墨有早期后期的区别。若把笔墨定为书法的根本，那就要研究制笔，研究制墨，要当书法家，不先得是制笔家，制墨家？

问：书体演变，是造型演变？
答：是。文字的演变，就是字体造型的演变。研究造型艺术，而不研究文字的造型演变（特别是画中国画），必然是巨大的缺失。

问：文字造型演变的规律？
答：我在《画象钩玄》中对此已有完整的讲解。演变，既有必然性，也有偶然性。比如：甲骨文，使用不方便（用刀刻，甲骨不如竹木方便），随着人的活动节奏加快，书写工具从刀刻到毛笔、水笔，直到不用笔，用电脑笔记本、用语音输入。这种演变中偶然因素多，但不是主要的。书法规律是在文字形成后，实用性和观赏性的发生、发展中形成的。

问：书法的魅力尽在其中？
答：甲骨文、钟鼎文早不使用，而今又在设计艺术中被广泛使用。唐人写经，本是实用，经过历代活字印刷、胶版印刷、电子印刷……在保存佛学经典之外，又产生出巨大的书法魅力（观赏性）。

问：实用性和观赏性在不断变化？
答：是。实用的变成观赏的，观赏的变成实用的。在这个方面是实用，在另一个方面是观赏。一滴水就是一个世界，何况书法？字有这样多，时间又这样长，它们的错位、换位是必然的。

问：实用与观赏要配置？
答：不配置是不可能的。只能观赏，必然削弱书法的魅力；只供实用，必然失去书法美，独特的配置是观赏性与实用性的必然选择。配置要简约化或不去思考配置，让它顺时消失，或作数学的推算，达到平衡，或以巨大的不平衡为平衡。配置本身就是艺术，要全身心去体察，感悟。

问：书法创作的构思？
答：构思，其实是时间转换中翻起的一点浪花，也可说是一段刻痕。在书法创作中，文字也是工具，用这种工具去拾起这点浪花，这段刻痕，来完成书法创作。

问：《杜诗书法》的构思？
答：诗是要读的，选择杜诗中有代表性的篇章，易于理解，易于上口，突显实用性（可读），文字用不同书体是突显观赏性，排字注录是完善它的实用性。假如书写杜甫诗而不能为大多数人所认识，至少是一种缺失。

问：构思就是处理矛盾？
答：是。处理是构思中的一个环节。第一重要的是发现矛盾，抓住矛盾，特别是那些从未出现过的矛盾。一切真正的艺术都是原创的，重复别人，重复自己，都不是真正艺术创作。

问：《杜诗书法》的创意？
答：按文字演化过程处理文字，以文字为符号，组成自己的秩序，自制一套规律。既是对以往书法的学习，更是一种催生新规律的解构。摹仿不是创造，创造必须被承传。承前为了启后，启后就是为传承。不刻意去求取的创意是真创意，也可以这样认为：没有创意就是最好的创意。

问：《杜诗书法》的编后语？
答：书法爱好者，一边读杜诗，一边习字；一边欣赏书法，一边背诵杜诗。用这种样式书写杜诗，恰如一次难忘的旅行，远望前头的书山书海，真是风景这边独好。

二〇〇七年一月于北京

◀ 望 岳 纸本 21.5cm × 35cm

望 岳 【杜甫】

岱宗夫如何，齐鲁青未了。
造化钟神秀，阴阳割昏晓。
荡胸生层云，决眦入归鸟。
会当凌绝顶，一览众山小。

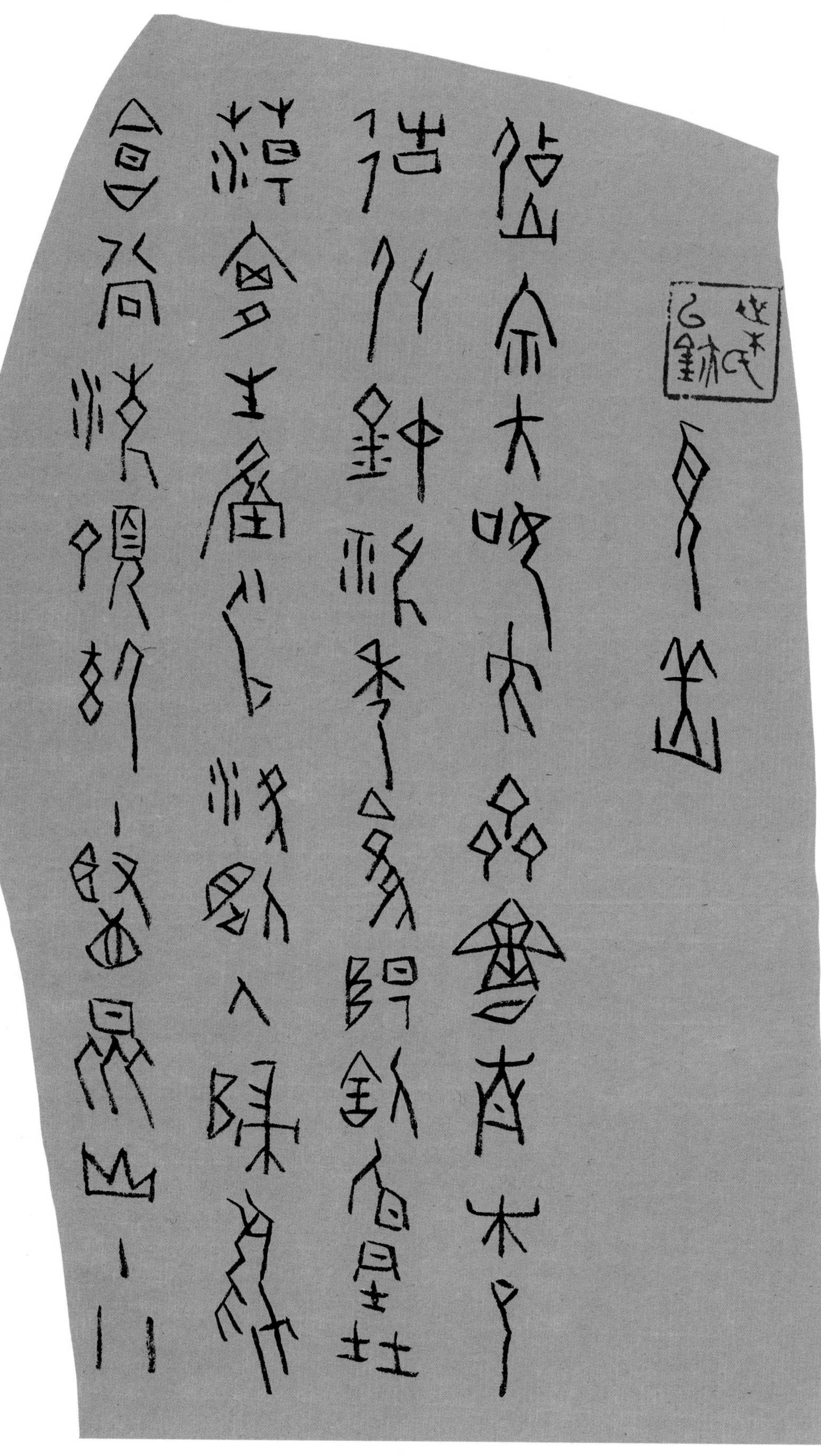

◀ 画 鹰　纸本　23.5cm × 34cm × 3

画 鹰 【杜甫】

素练风霜起，苍鹰画作殊。
㧐身思狡兔，侧目似愁胡。
绦镟光堪摘，轩楹势可呼。
何当击凡鸟，毛血洒平芜。

畫鷹

素練風霜起
蒼鷹畫作殊

㩳身思狡兔
侧目似愁胡
绦镟光堪擿

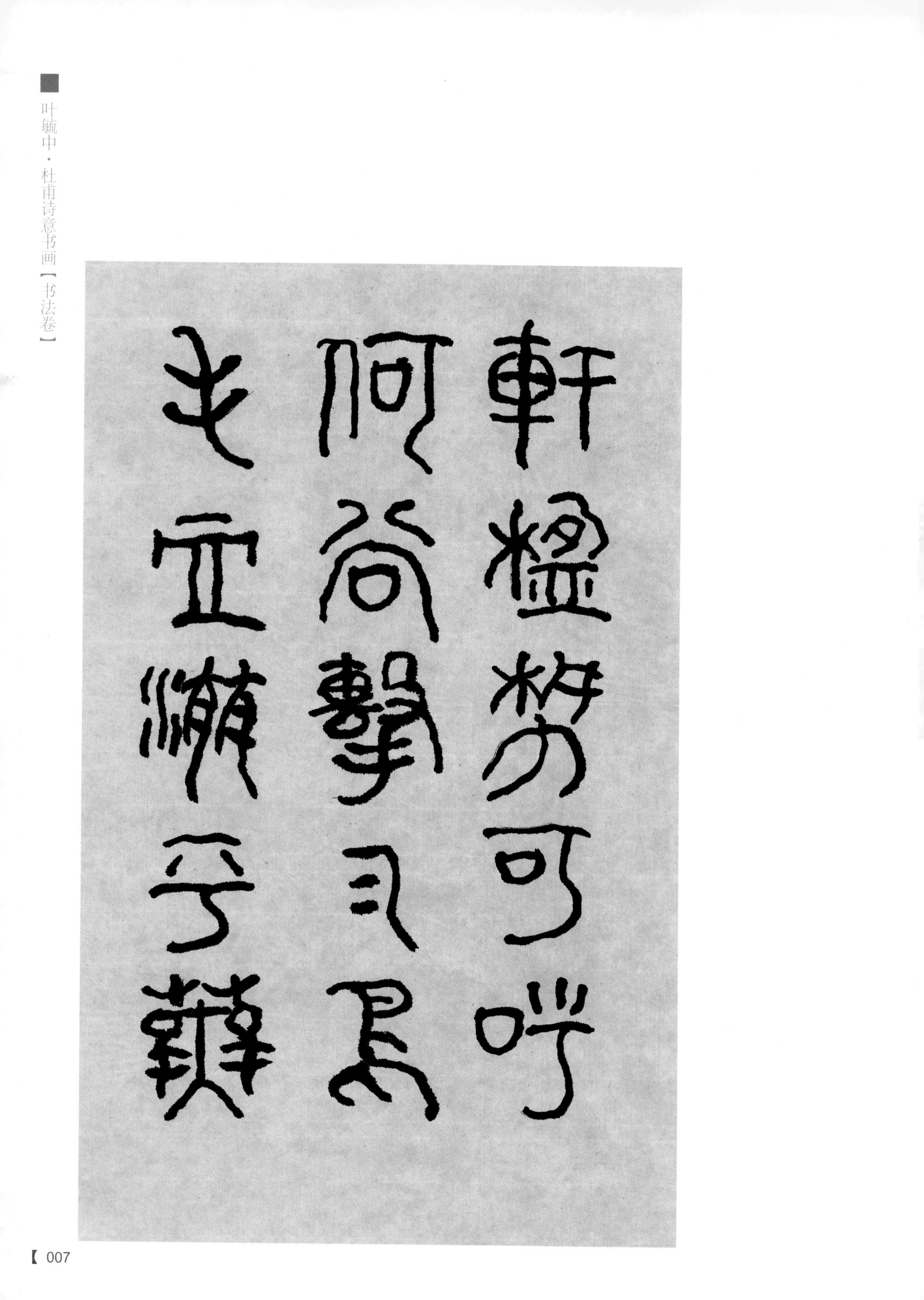

◀ 前出塞九首(其一)　纸本　23cm × 43cm × 3

前出塞九首（其一）

【杜甫】

挽弓当挽强，用箭当用长。
射人先射马，擒贼先擒王。
杀人亦有限，立国自有疆。
苟能制侵陵，岂在多杀伤。

前出塞

挽弓当挽强

用箭当用长

射人先射马
擒贼先擒王
杀人亦有限

列國自有疆
苟能制侵陵
豈在多殺傷

◀ 恨 别　纸本　20cm × 37cm × 3

恨 别 【杜甫】

洛城一别四千里，胡骑长驱五六年。
草木变衰行剑外，兵戈阻绝老江边。
思家步月清宵立，忆弟看云白日眠。
闻道河阳近乘胜，司徒急为破幽燕。

恨別

洛城一別四千里
胡騎長驅五六年

草木變衰行劍外
兵戈阻絶老江邊
思家步月清宵立

憶弟看雲白日眠
聞道河陽近乘勝
司徒急為破幽燕

◀ 秦州杂诗二十首（其五） 纸本 26cm × 34cm × 3

秦州杂诗二十首（其五）

【杜甫】

西使宜天马，由来万匹强。
浮云连阵没，秋草遍山长。
闻说真龙种，仍残老骕骦。
哀鸣思战斗，迥立向苍苍。

秦州雜詩二

十首其五

西使宜天馬
由來萬匹強
浮雲連陣没
秋艸遍山長

聞説真龍種
仍殘老驌驦
哀鳴思戰鬥
迴立向蒼蒼

◀ 绝句二首　　纸本　26cm × 39cm × 3

绝句二首 【杜甫】

（其一）

迟日江山丽，春风花草香。
泥融飞燕子，沙暖睡鸳鸯。

（其二）

江碧鸟逾白，山青花欲燃。
今春看又过，何日是归年。

絕句二首

其一

遲日江山麗
春風花草香
泥融燕子飛
沙暖睡鴛鴦

其二

江碧鳥逾白

山青花欲然

今春看又过

何日是歸年

◀ 月夜忆舍弟　纸本　26cm × 35cm × 3

月夜忆舍弟【杜甫】

戍鼓断人行，边秋一雁声。
露从今夜白，月是故乡明。
有弟皆分散，无家问死生。
寄书长不达，况乃未休兵。

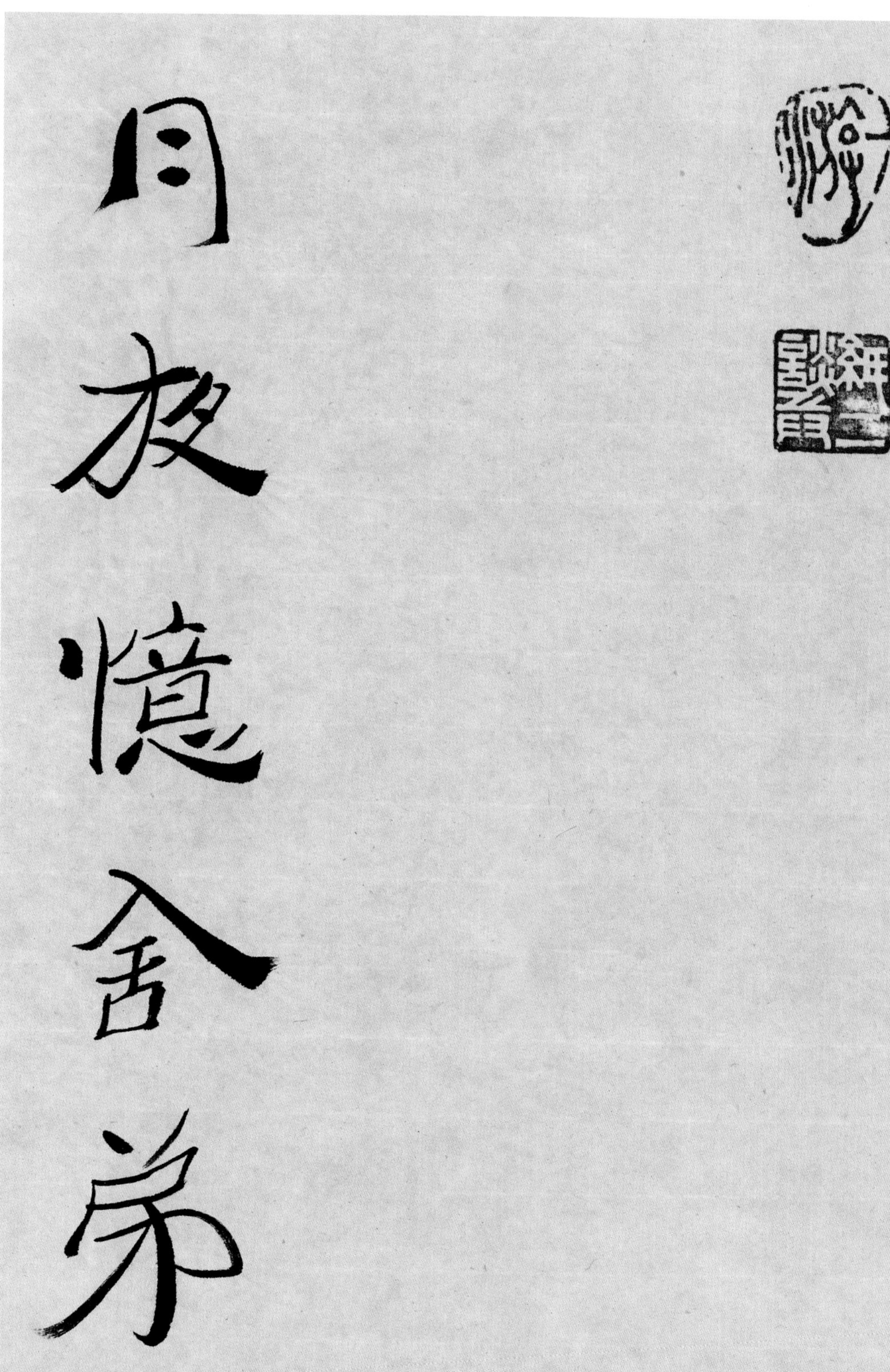
月夜憶舍弟

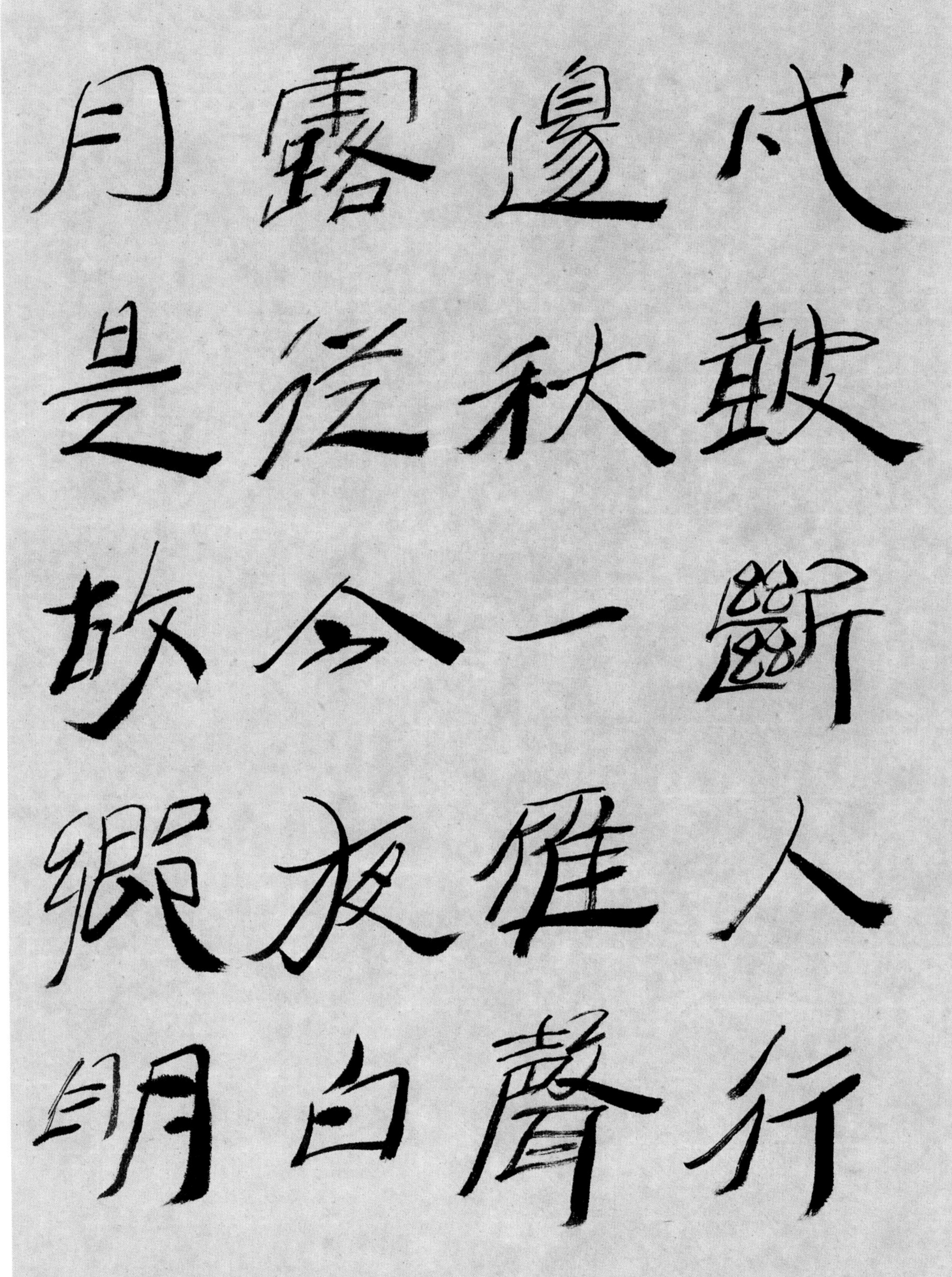
戍鼓斷人行
邊秋一雁聲
露從今夜白
月是故鄉明

有弟皆分散
無家問死生
寄書長不達
況乃未休兵

◀ 八阵图　　纸本　26cm × 33cm × 5

八阵图 【杜甫】

功盖三分国，名成八阵图。
江流石不转，遗恨失吞吴。

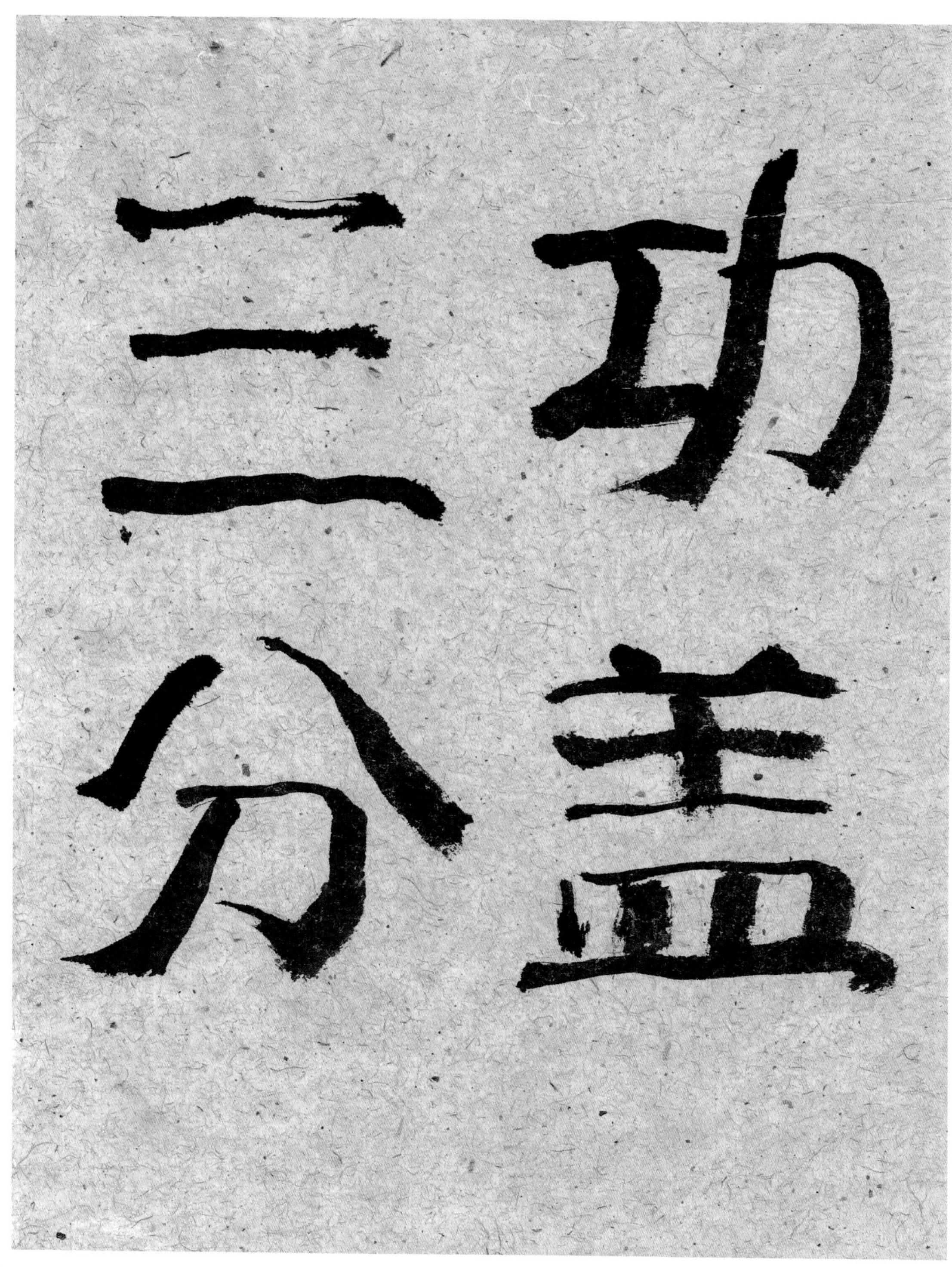
功盖
三分

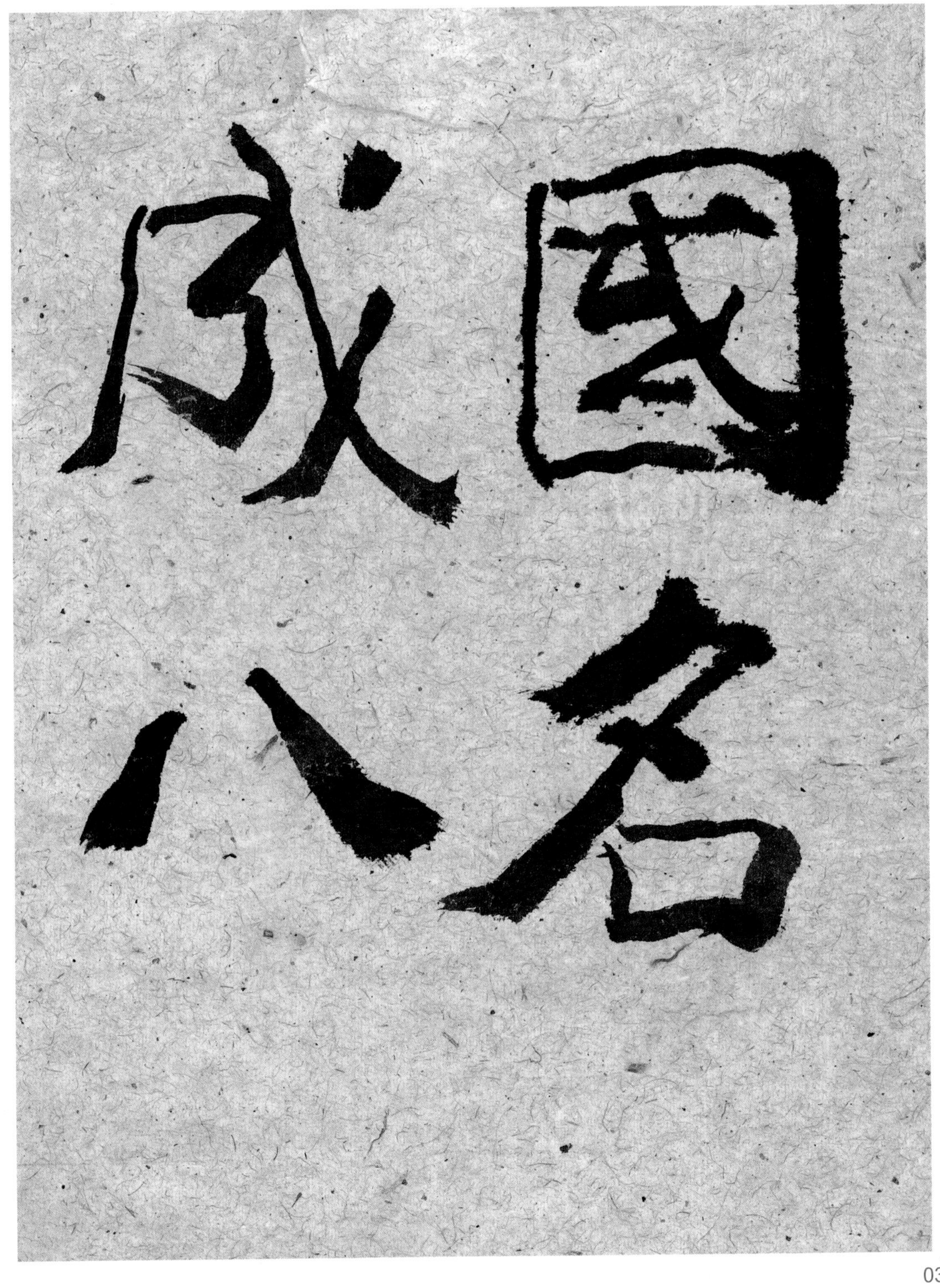
國名
成八

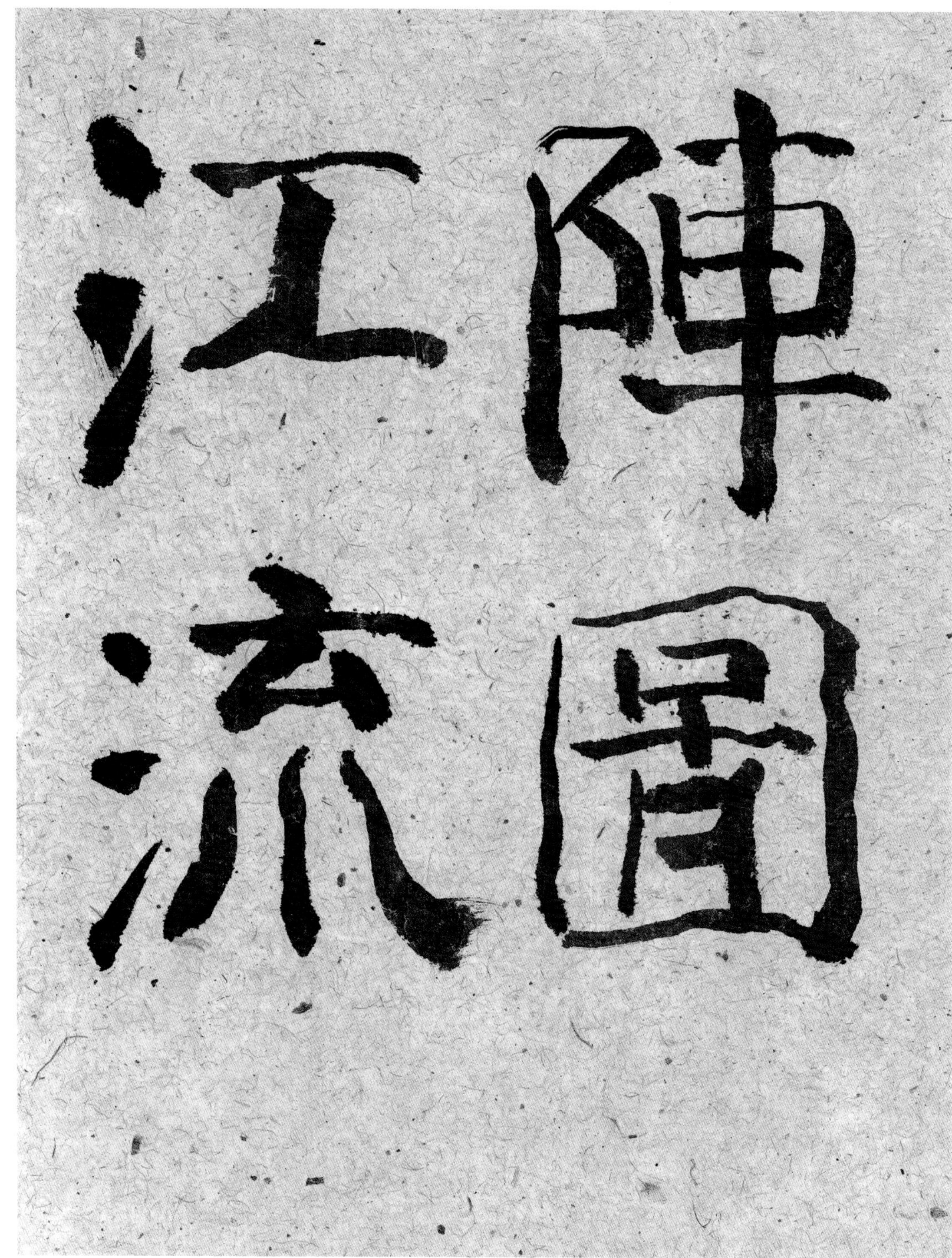
陣圖
江流

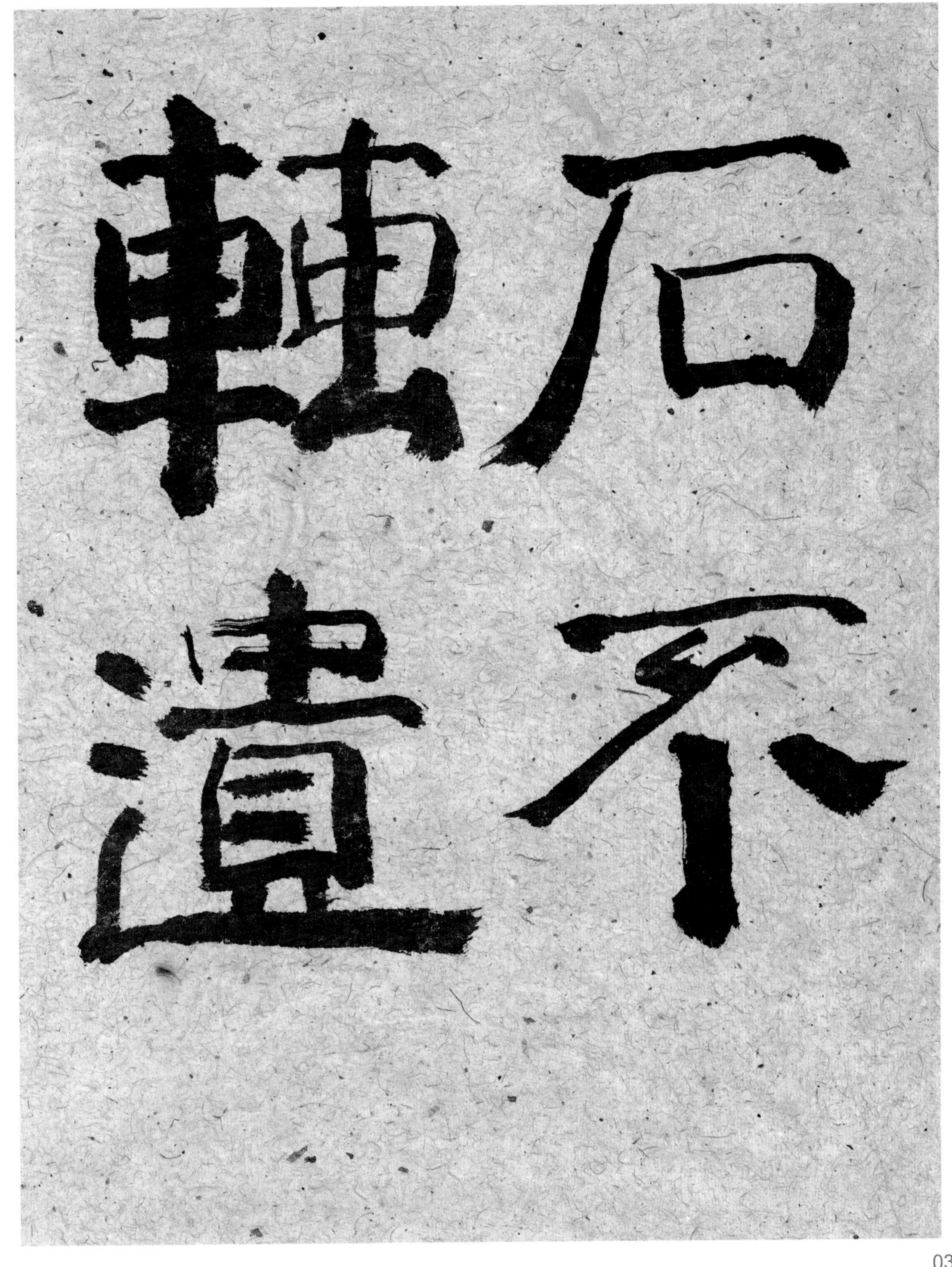
石不
轉遺

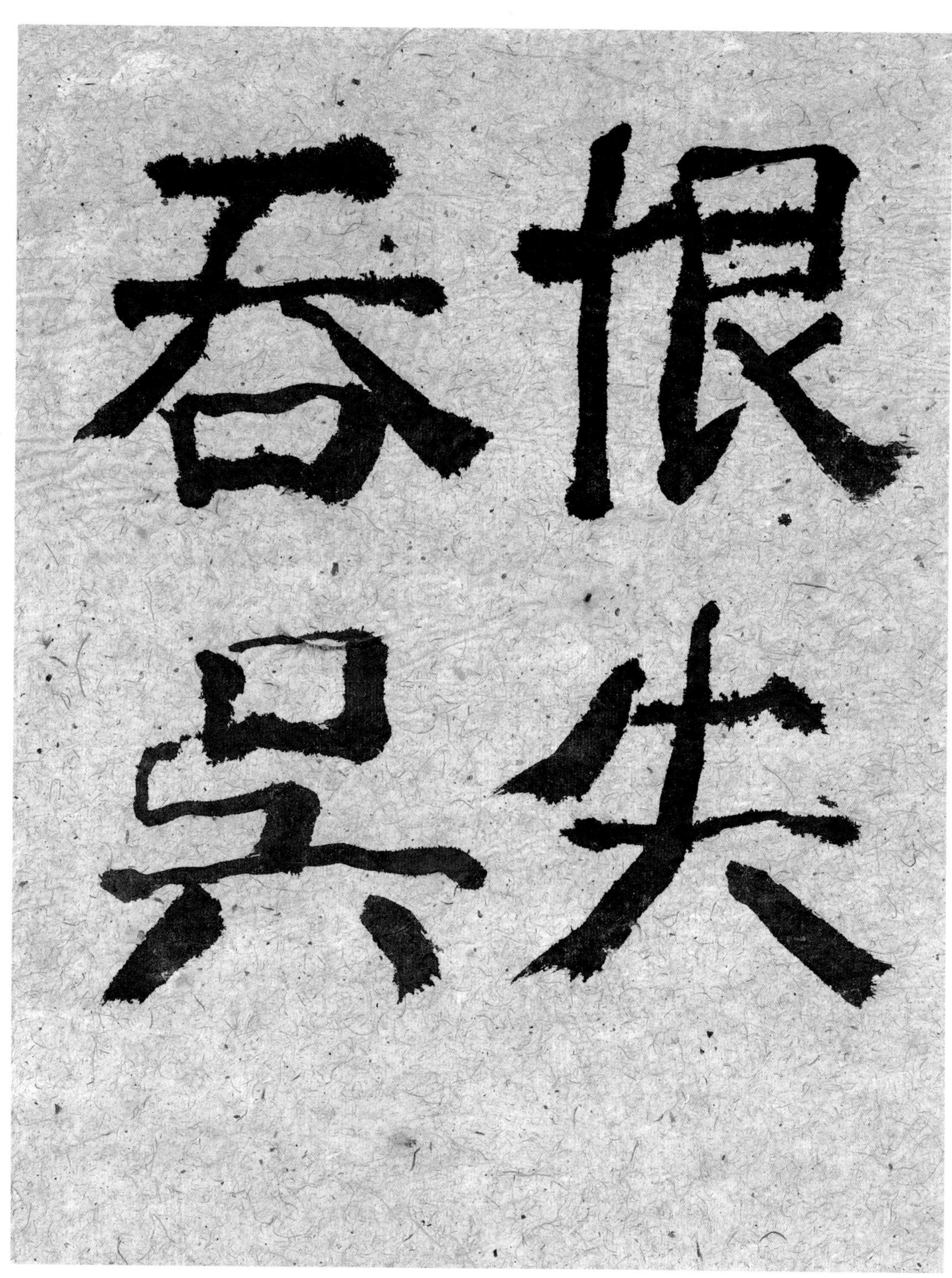
恨失
吞吴

◀ 丹青引赠曹将军霸　纸本　16.5cm × 30.5cm × 9

丹青引赠曹将军霸 【杜甫】

将军魏武之子孙，于今为庶为清门。
英雄割据虽已矣，文采风流今尚存。
学书初学卫夫人，但恨无过王右军。
丹青不知老将至，富贵于我如浮云。
开元之中常引见，承恩数上南薰殿。
凌烟功臣少颜色，将军下笔开生面。
良相头上进贤冠，猛将腰间大羽箭。
褒公鄂公毛发动，英姿飒爽来酣战。
先帝天马玉花骢，画工如山貌不同。
是日牵来赤墀下，迥立阊阖生长风。
诏谓将军拂绢素，意匠惨淡经营中。
须臾九重真龙出，一洗万古凡马空。
玉花却在御榻上，榻上庭前屹相向。
至尊含笑催赐金，圉人太仆皆惆怅。
弟子韩干早入室，亦能画马穷殊相。
干惟画肉不画骨，忍使骅骝气凋丧。
将军善画盖有神，偶逢佳士亦写真。
即今漂泊干戈际，屡貌寻常行路人。
途穷反遭俗眼白，世上未有如公贫。
但看古来盛名下，终日坎壈缠其身。

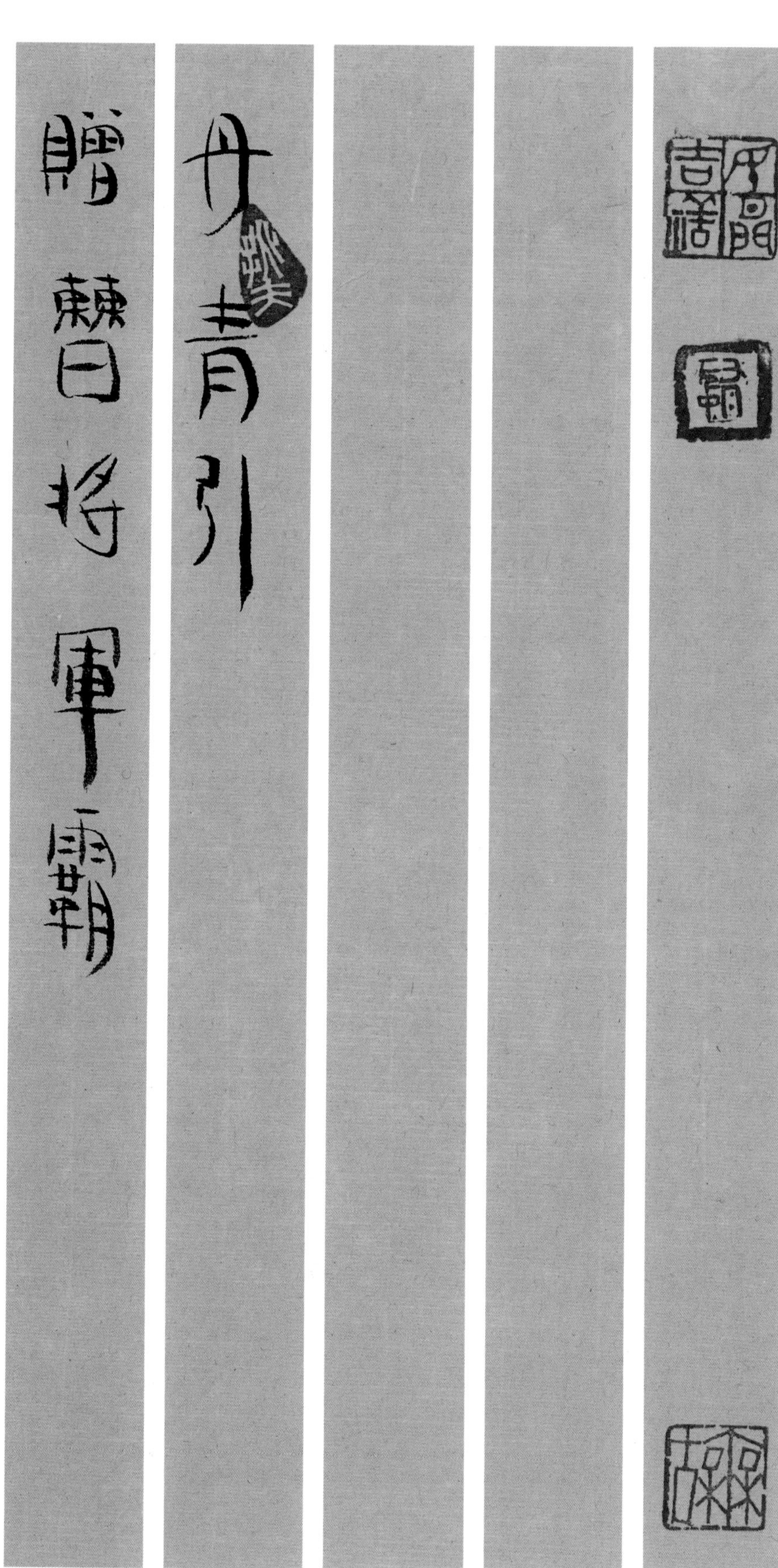
丹青引
赠曹将军霸

將軍魏武之子孫
于今為庶為清門
英雄割據雖已矣
文采風流今尚存
學書初學衛夫人

但恨無过王右軍
丹青不知老将至
富貴于我如浮雲
開元之中常引見
承恩数上南薰殿

淩煙功臣少顏色
將軍下筆開生面
良相頭上進賢冠
猛將腰間大羽箭
褒公鄂公毛髮動

英姿颯爽來酣戰
先帝天馬玉花驄
畫工如山貌不同
是日牽来赤墀下
迥立閶闔生長風

詔謂將軍拂絹素
意匠慘淡經營中
須臾九重真龍出
一洗萬古凡馬空
玉花卻在御榻上

榻上庭前屹相向

至尊含笑催賜金

圉人太仆皆惆悵

弟子韓干早入室

亦能畫馬窮殊相

干惟畫肉不畫骨
忍使驊騮氣凋喪
將軍善畫蓋有神
必逢佳士亦寫真
即今漂泊干戈際

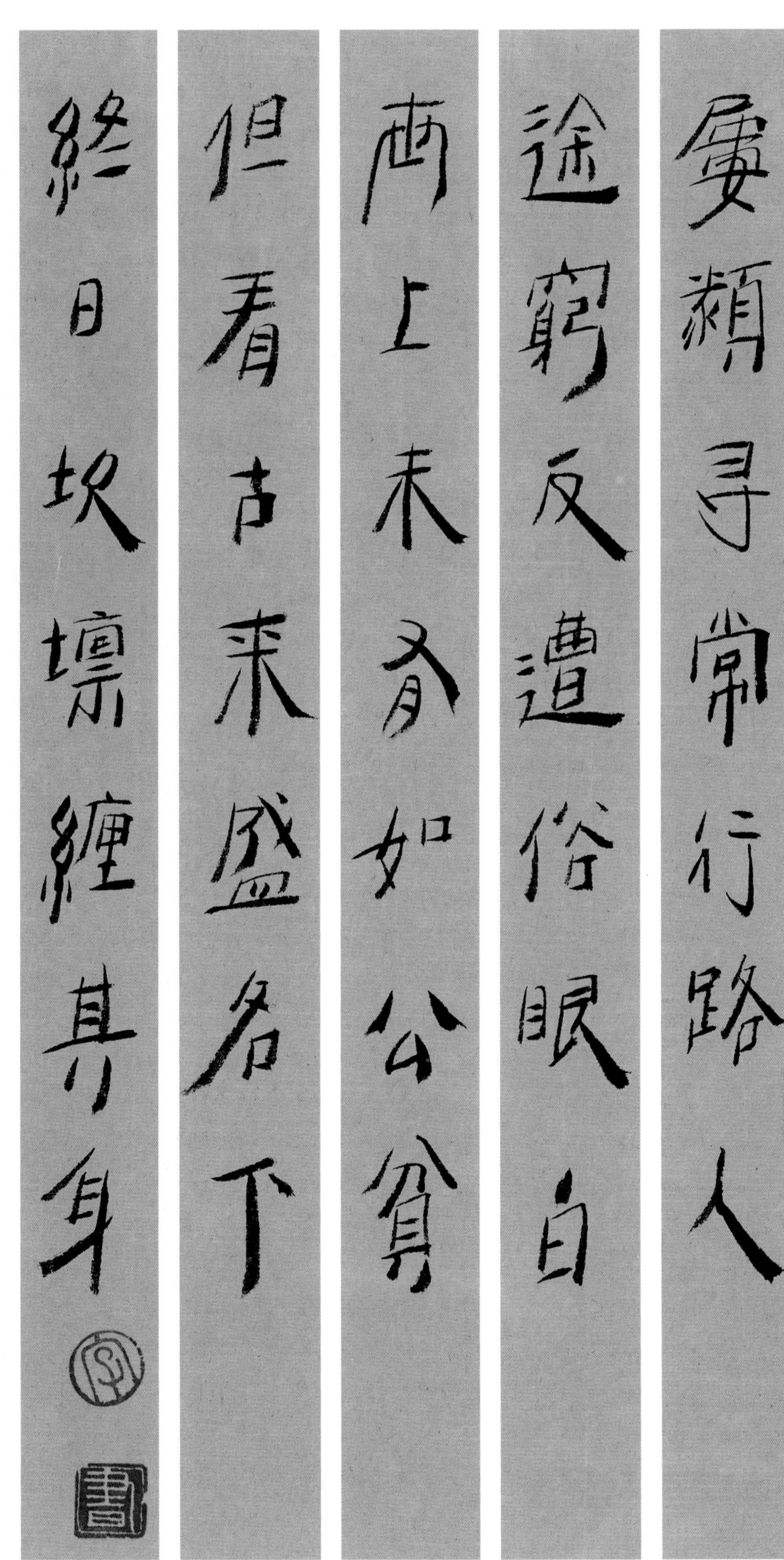
屢貌尋常行路人
途窮反遭俗眼白
世上未有如公貧
但看古來盛名下
終日坎壈纏其身

◀ 春夜喜雨　纸本　30cm × 38.5cm × 3

春夜喜雨 【杜甫】

好雨知时节，当春乃发生。
随风潜入夜，润物细无声。
野径云俱黑，江船火独明。
晓看红湿处，花重锦官城。

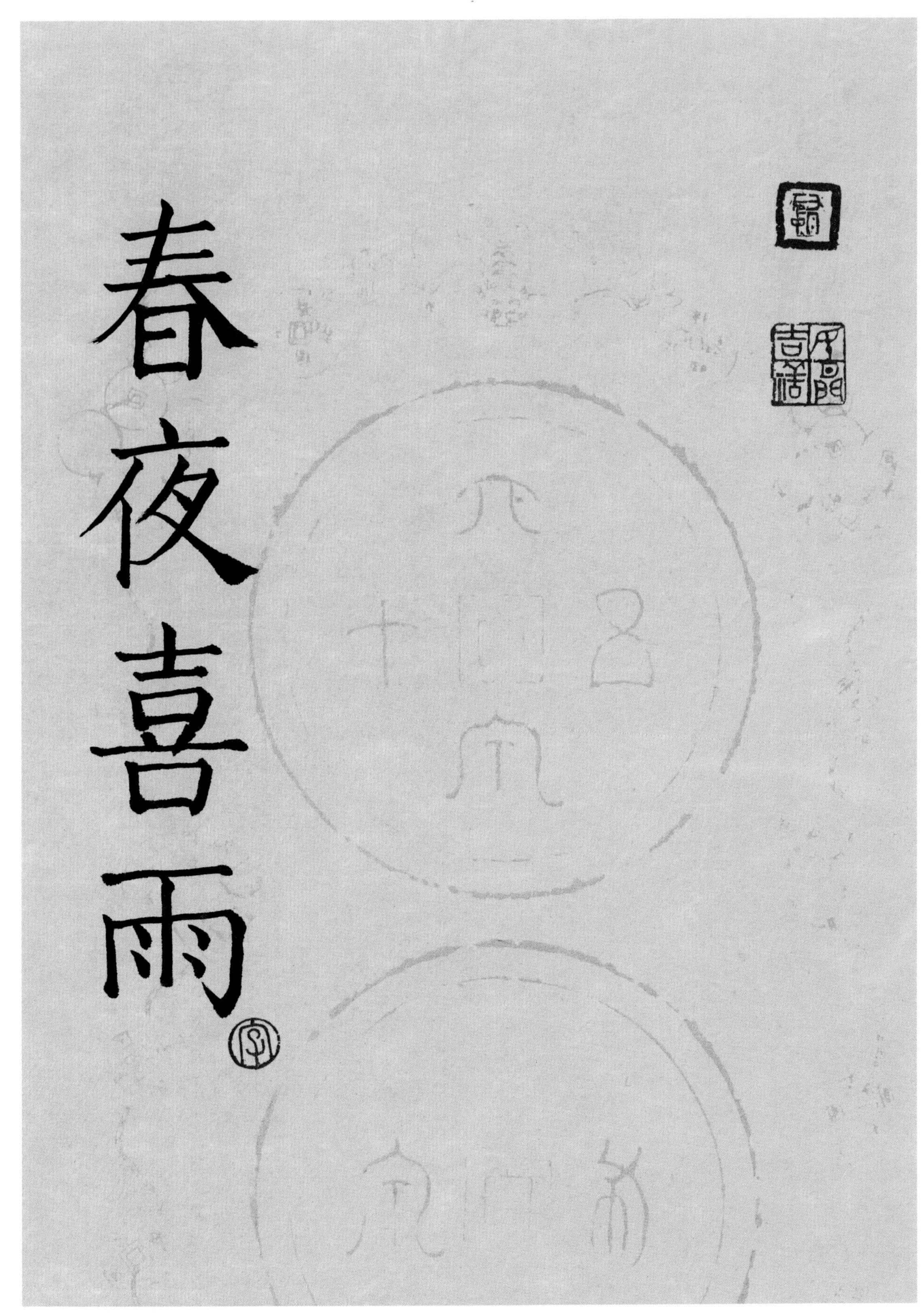
春夜喜雨

好雨知时节
当春乃发生
随风潜入夜
润物细无声

野径云俱黑
江船火独明
晓看红湿处
花重锦官城

◀ 绝句四首　纸本　23cm × 38cm × 3

绝句四首 【杜甫】

（其一）

堂西长笴别开门，堑北行椒却背村。
梅熟许同朱老吃，松高拟对阮生论。

（其三）

两个黄鹂鸣翠柳，一行白鹭上青天。
窗含西岭千秋雪，门泊东吴万里船。

绝句四首
堂西長筍別開門

塹北行椒却背村
梅熟許同朱老喫
松高擬對阮生論
其三

兩箇黃鸝鳴翠柳
一行白鷺上青天
窗含西嶺千秋雪
門泊東吳萬里船

◀ 戏为六绝句　纸本　31cm × 39cm × 3

戏为六绝句 【杜甫】

（其一）

庾信文章老更成，凌云健笔意纵横。
今人嗤点流传赋，不觉前贤畏后生。

（其二）

王杨卢骆当时体，轻薄为文哂未休。
尔曹身与名俱灭，不废江河万古流。

（其五）

不薄今人爱古人，清词丽句必为邻。
窃攀屈宋宜方驾，恐与齐梁作后尘。

戏为六绝句

庾信文章老更成
凌云健笔意纵横
今人嗤点流传赋
不觉前贤畏后生

其二

王杨卢骆当时体
轻薄为文哂未休
尔曹身与名俱灭
不废江河万古流

其五

不薄今人爱古人
清词丽句必为邻
窃攀屈宋宜方驾
恐与齐梁作后尘

◀ 绝句六首　纸本　27cm × 30cm × 7

绝句六首 【杜甫】

（其一）
日出离东水，云生舍北泥。
竹高鸣翡翠，沙僻舞鹍鸡。

（其二）
藹藹花蕊乱，飞飞蜂蝶多。
幽栖身懒动，客至欲如何。

（其三）
凿井交棕叶，开渠断竹根。
扁舟轻袅缆，小径曲通村。

（其四）
急雨捎溪足，斜晖转树腰。
隔巢黄鸟并，翻藻白鱼跳。

（其五）
舍下笋穿壁，庭中藤刺檐。
地晴丝冉冉，江白草纤纤。

（其六）
江动月移石，溪虚云傍花。
鸟栖知故道，帆过宿谁家。

絕句六首

其一

日出籬東水
雲生舍北泥
竹高鳴翡翠
沙僻舞鵾鷄

其二

蕩蕩花蕊亂
飛飛蜂蝶多
幽栖身懶動
客至欲如何

其三

甃井交棕葉
開渠斷竹根
扁舟輕褭纜
小径曲通村

其四

急雨捎溪足

斜暉轉樹腰

隔巢黃鳥并

翻藻白魚跳

其五

舍下笋穿壁

庭中藤刺檐

地晴丝冉冉

江白草纤纤

其六

江動月移石
溪虛雲傍花
鳥栖知故道
帆过宿誰家

◀ 茅屋为秋风所破歌　纸本　19cm × 28cm × 7

茅屋为秋风所破歌 【杜甫】

八月秋高风怒号，卷我屋上三重茅。
茅飞渡江洒江郊，高者挂罥长林梢，
下者飘转沉塘坳。
南村群童欺我老无力，忍能对面为盗贼。
公然抱茅入竹去，唇焦口燥呼不得，
归来倚杖自叹息。
俄顷风定云墨色，秋天漠漠向昏黑。
布衾多年冷似铁，娇儿恶卧踏里裂。
床头屋漏无干处，雨脚如麻未断绝。
自经丧乱少睡眠，长夜沾湿何由彻。
安得广厦千万间，大庇天下寒士俱欢颜，
风雨不动安如山！
呜呼！何时眼前突兀见此屋，
吾庐独破受冻死亦足！

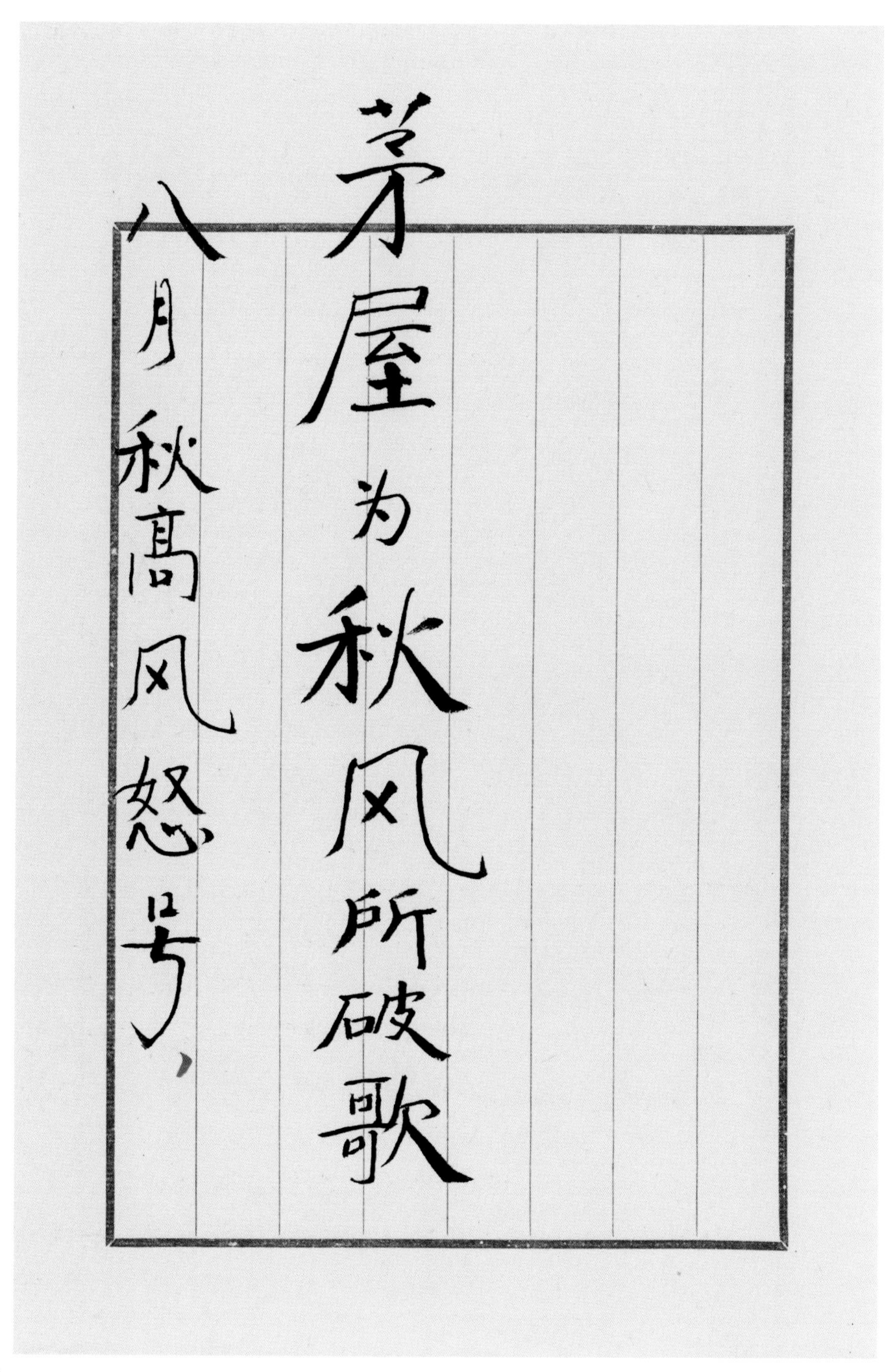
茅屋为秋风所破歌
八月秋高风怒号，

卷我屋上三重茅。
茅飞渡江洒江郊，
高者挂罥长林
梢，下者飘转沉

塘坳。南村群童
欺我老无力，忍
能对面为盗贼。
公然抱茅入竹
去，唇焦口燥呼不

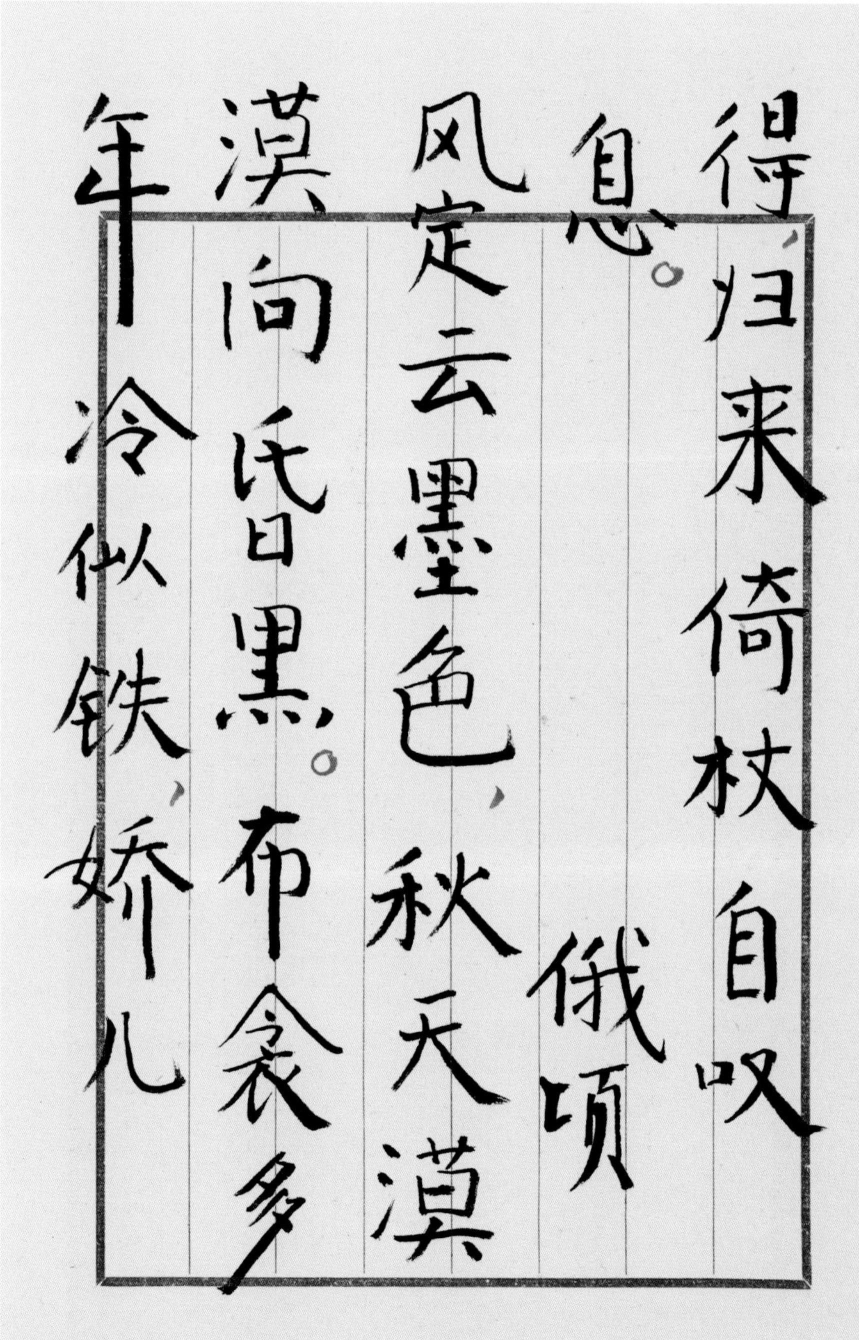
得归来倚杖自叹
息。俄顷
风定云墨色，秋天漠
漠向昏黑。布衾多
年冷似铁，娇儿

恶卧踏里裂。床床屋漏无干处，雨脚如麻未断绝。自经丧乱少睡眠，长夜沾湿何由彻。

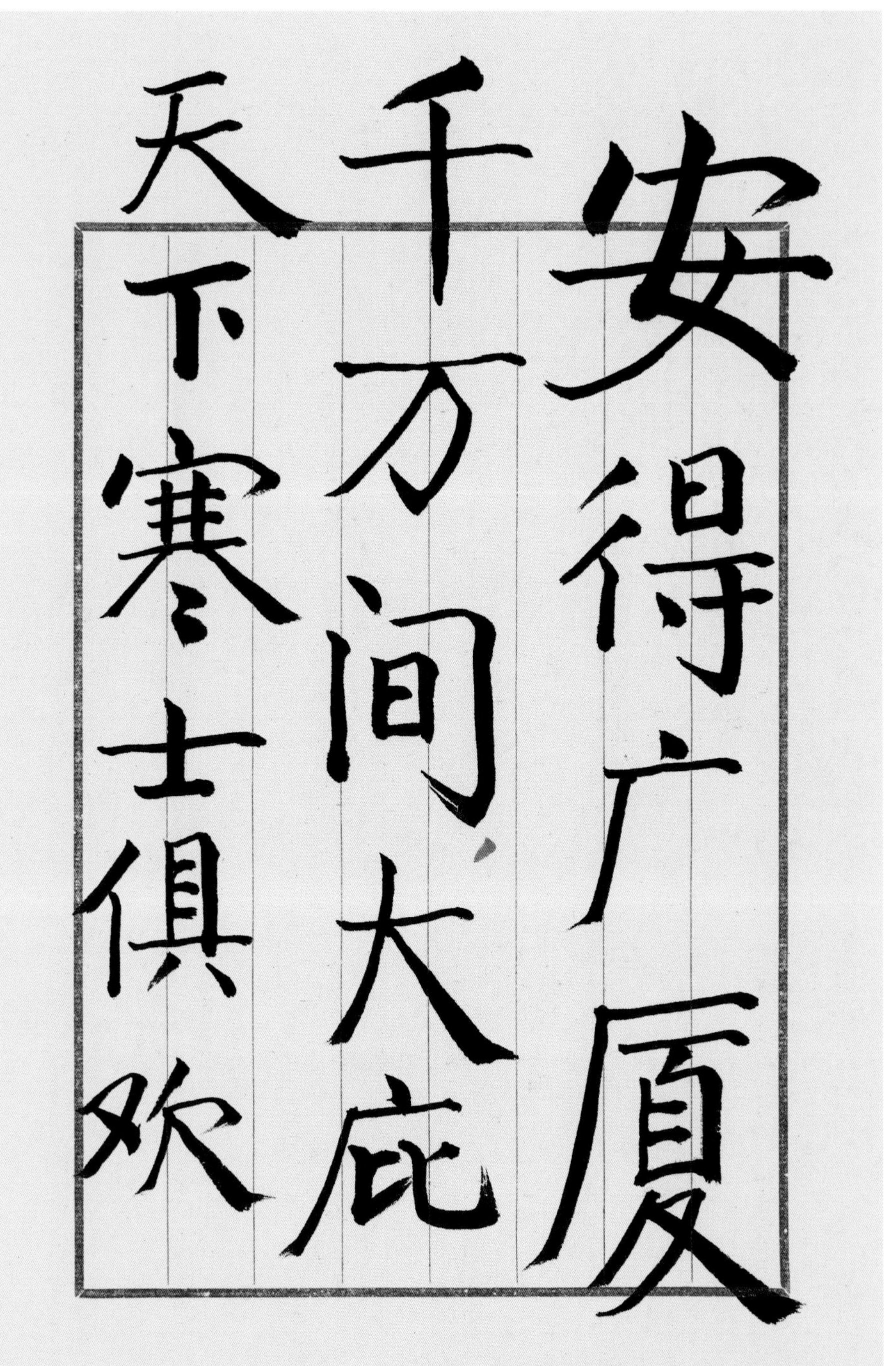
安得广厦
千万间大庇
天下寒士俱欢

颜风雨不动安如山。呜呼何时眼前突兀见此屋吾庐独破受冻死亦足。

◀ 春 望　纸本 21cm × 36cm × 5

春 望 【杜甫】

国破山河在，城春草木深。
感时花溅泪，恨别鸟惊心。
烽火连三月，家书抵万金。
白头搔更短，浑欲不胜簪。

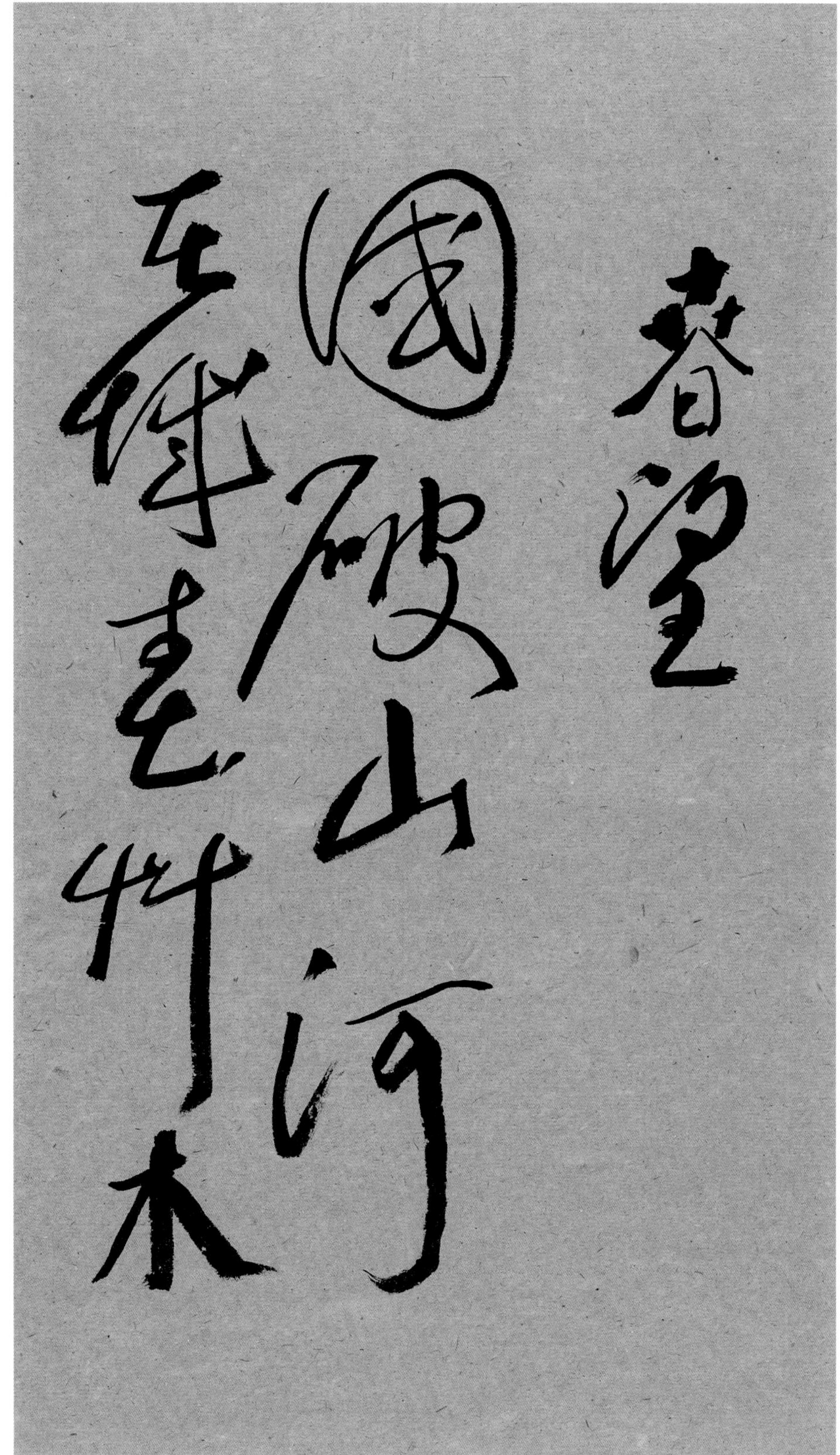
春望
国破山河
在城春草木

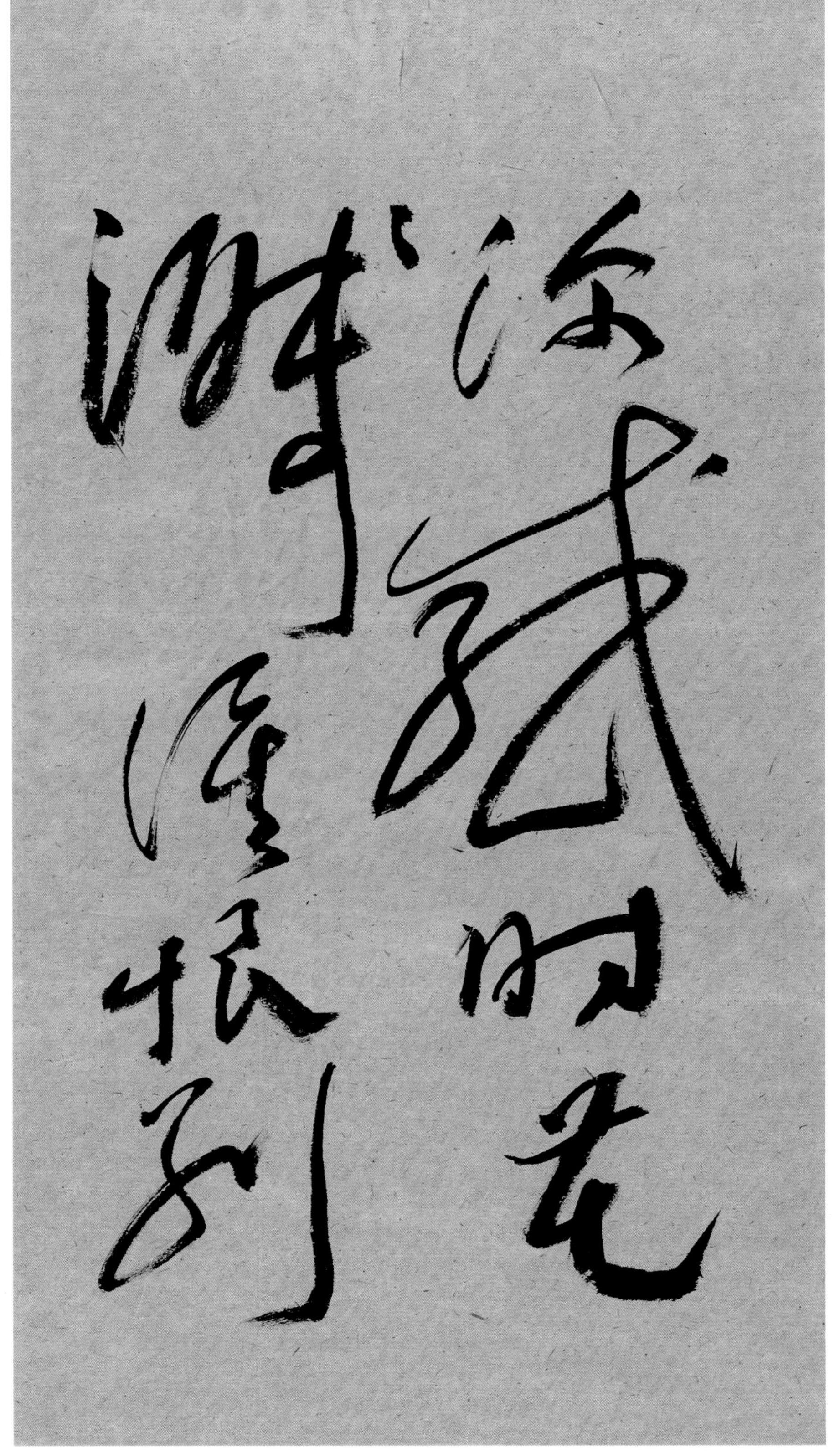

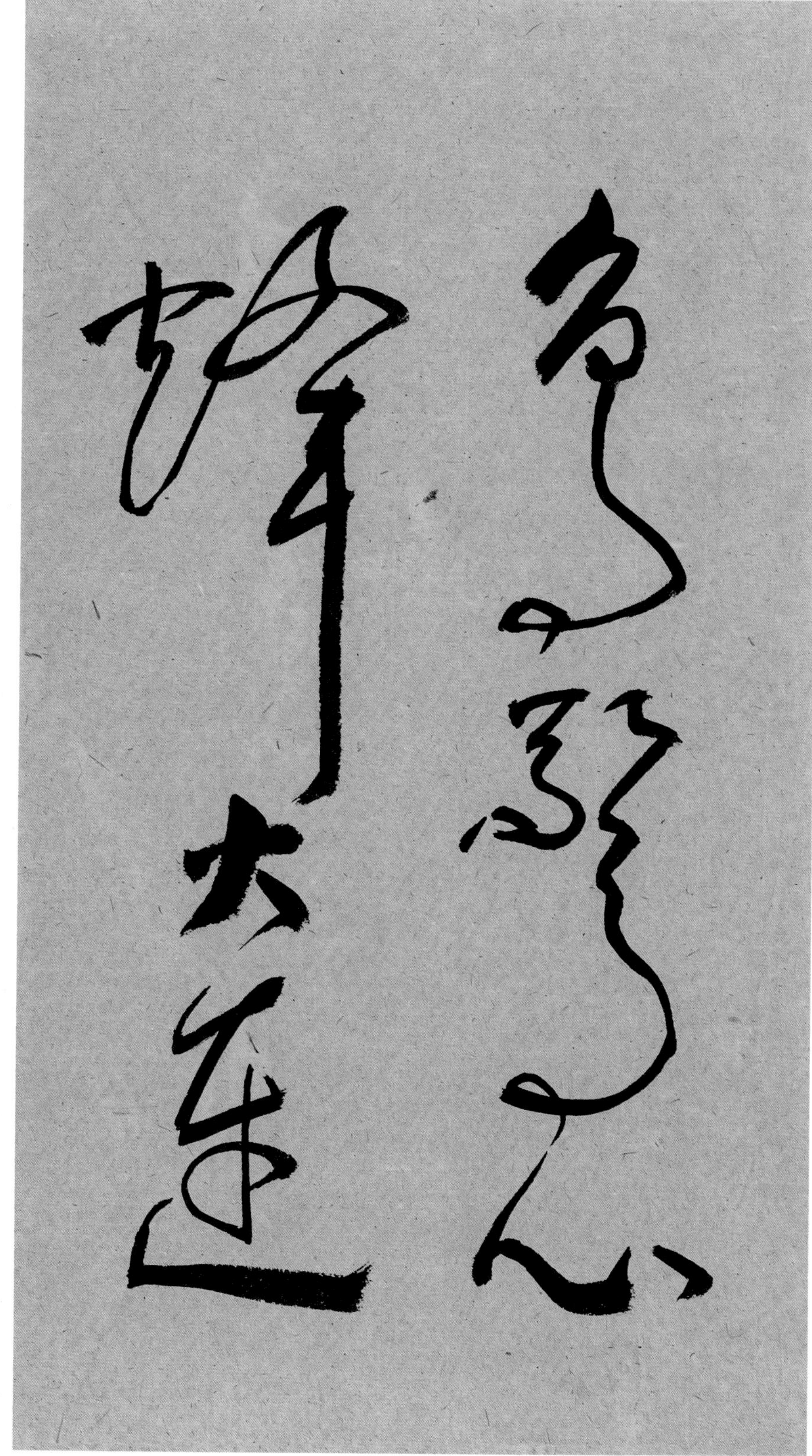

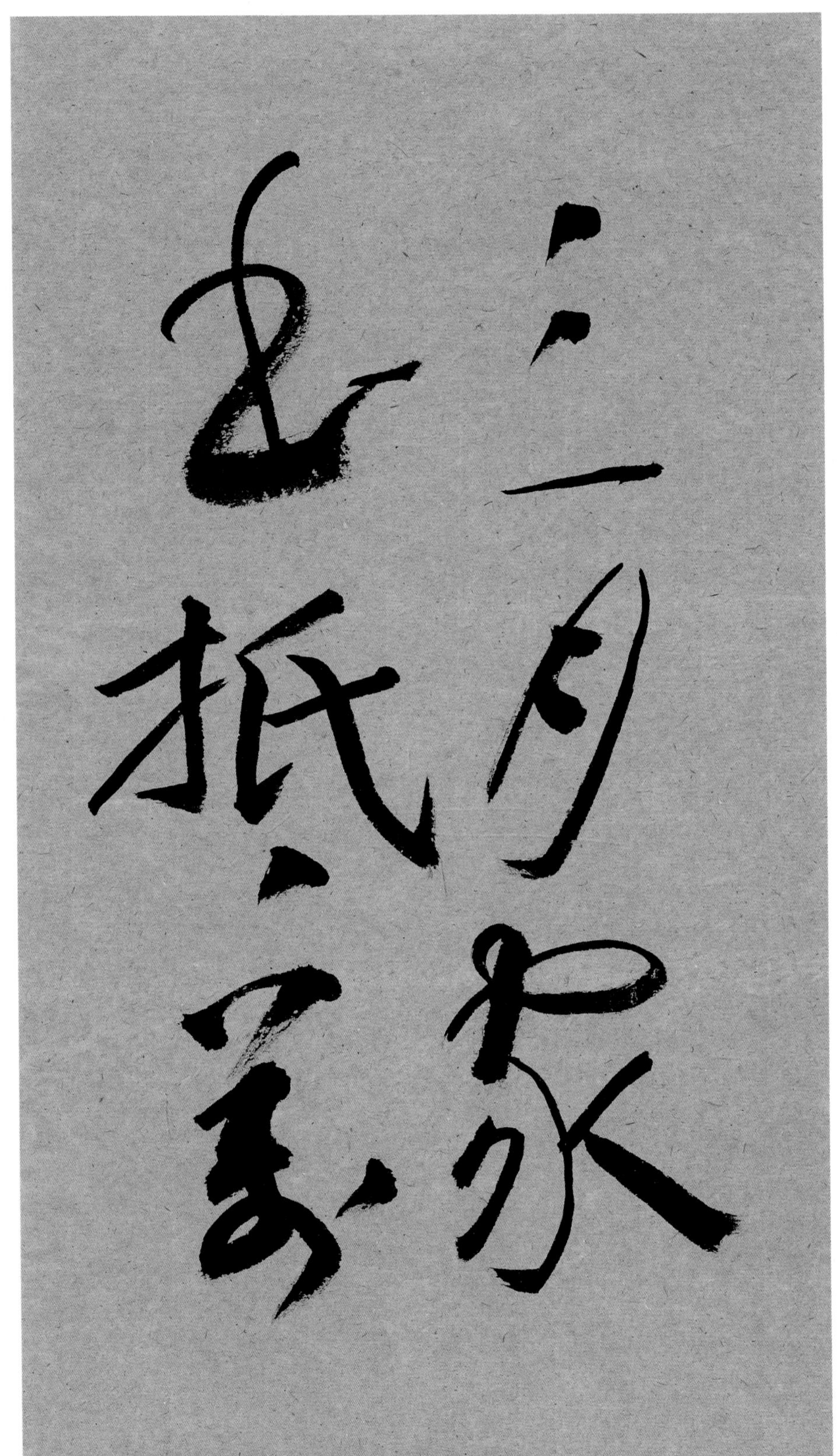

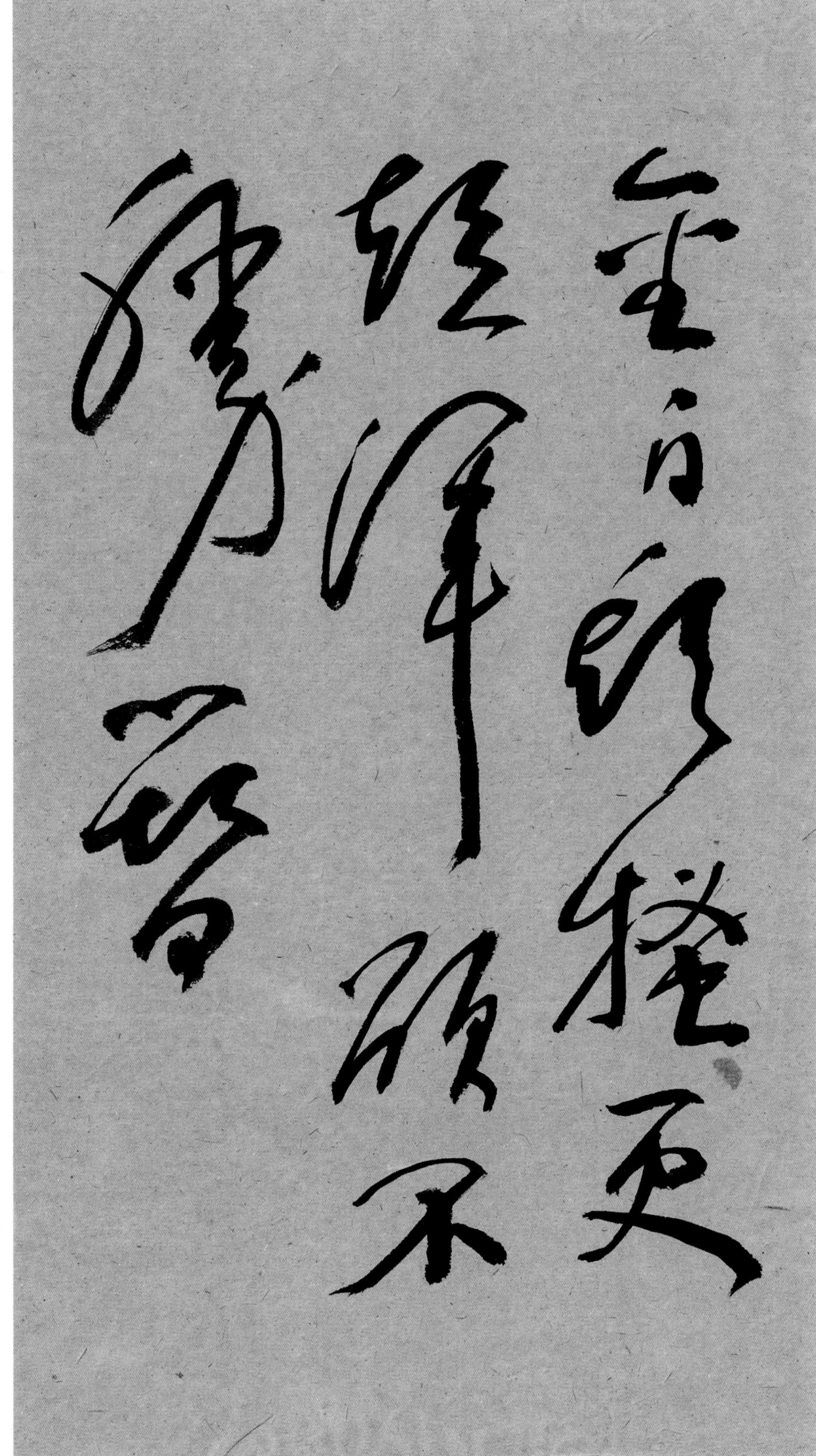

◀ 江上值水如海势聊短述　纸本　24cm × 36cm × 3

江上值水如海势聊短述 【杜甫】

为人性僻耽佳句，语不惊人死不休。
老去诗篇浑漫与，春来花鸟莫深愁。
新添水槛供垂钓，故著浮槎替入舟。
焉得思如陶谢手，令渠述作与同游。

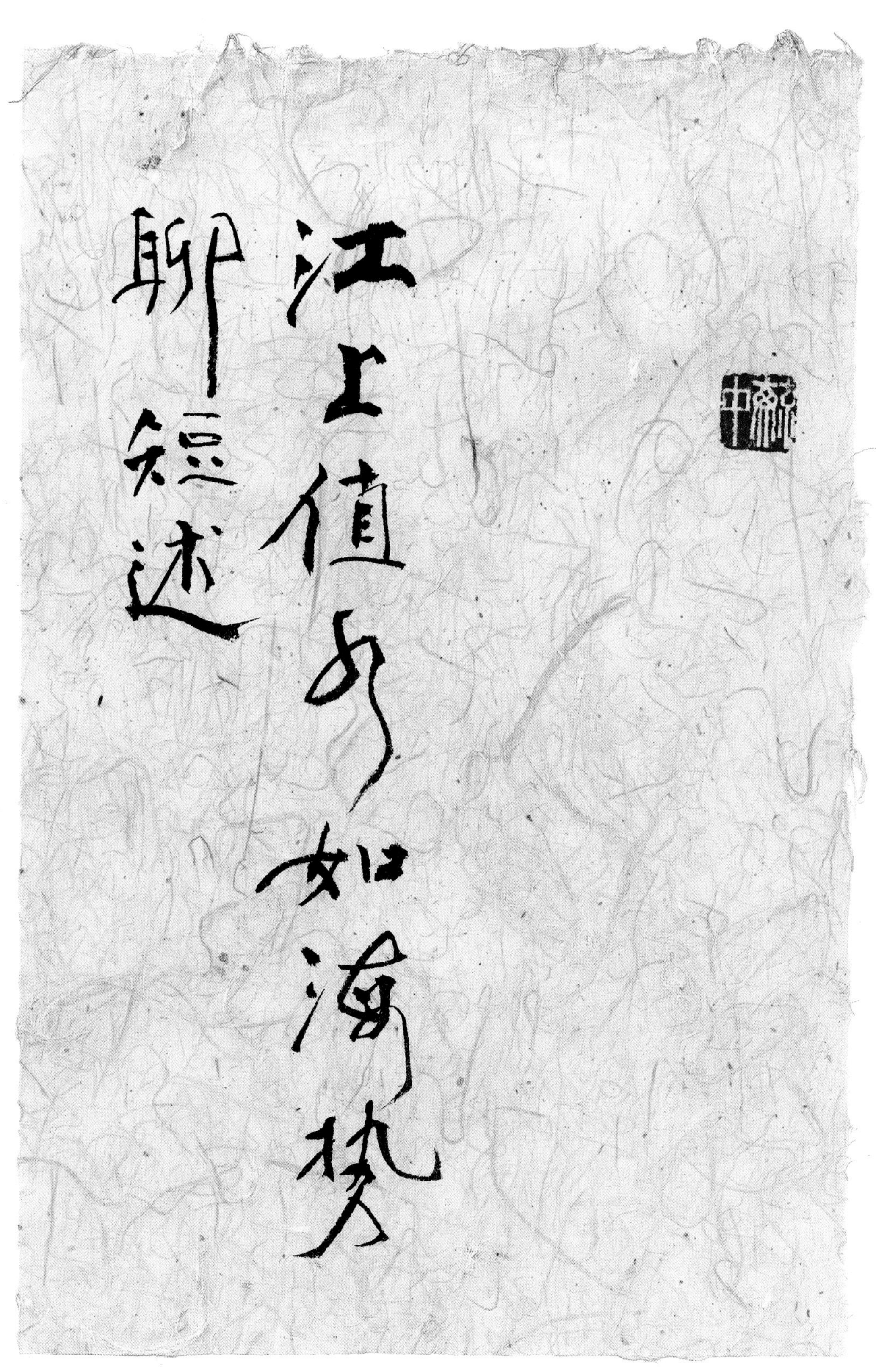
江上值水如海势
聊短述

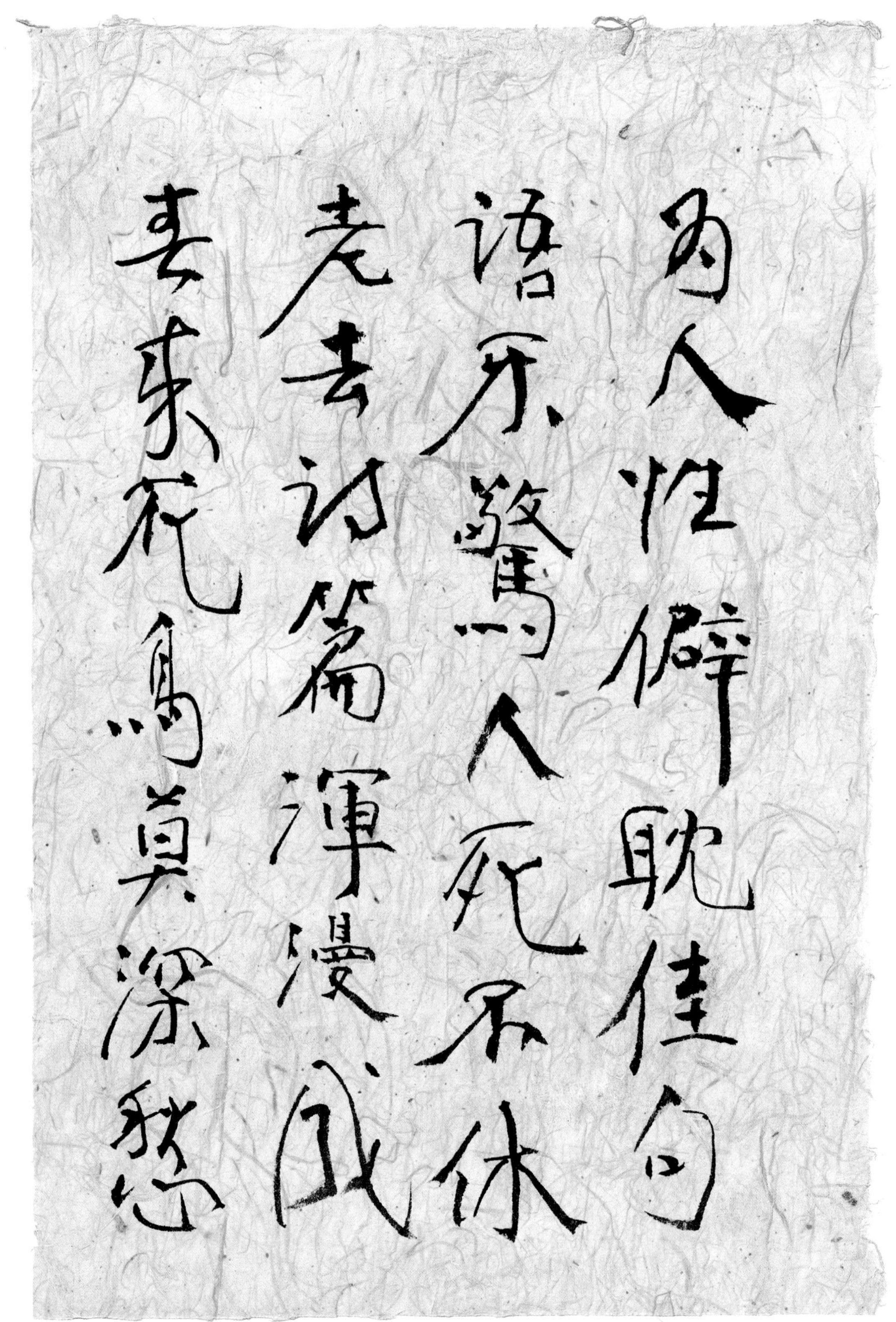
为人性僻耽佳句
语不驚人死不休
老去诗篇渾漫成
春来花鳥莫深愁

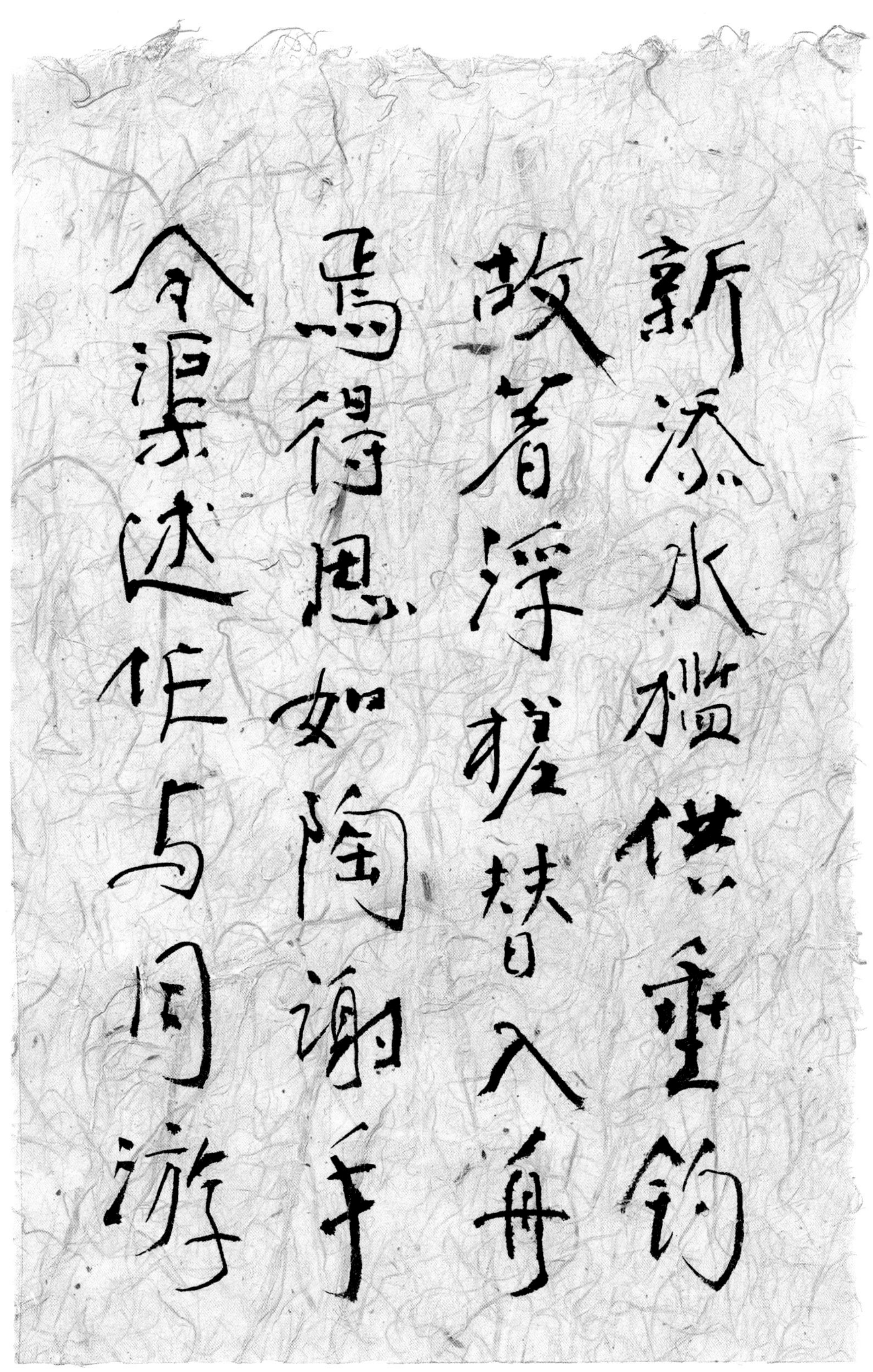
新添水槛供垂钓
故着浮槎替入舟
焉得思如陶谢手
令渠述作与同游

◀ 赠花卿　纸本　22cm × 36cm × 3

赠花卿 【杜甫】

锦城丝管日纷纷，半入江风半入云。
此曲只应天上有，人间能得几回闻。

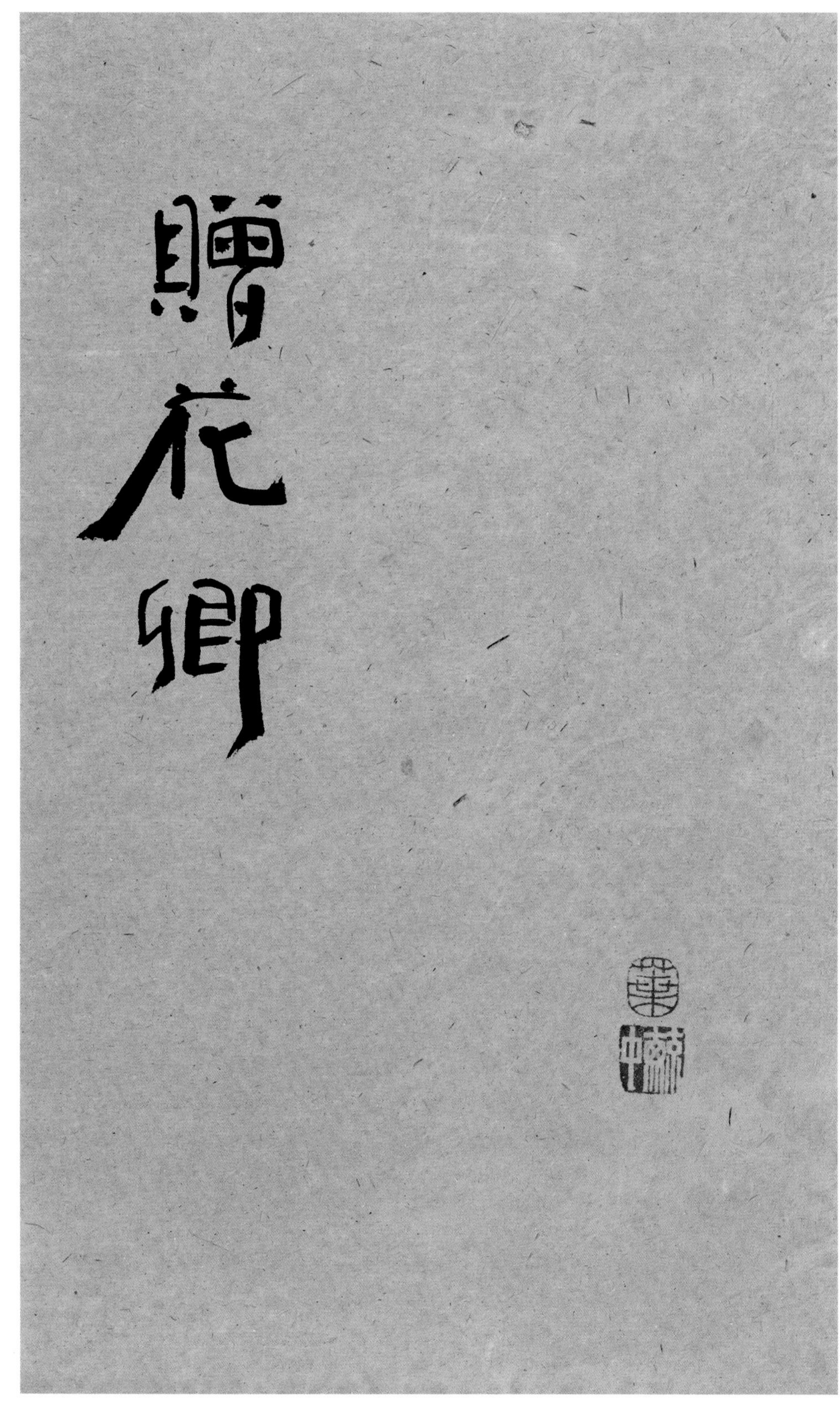
贈花卿

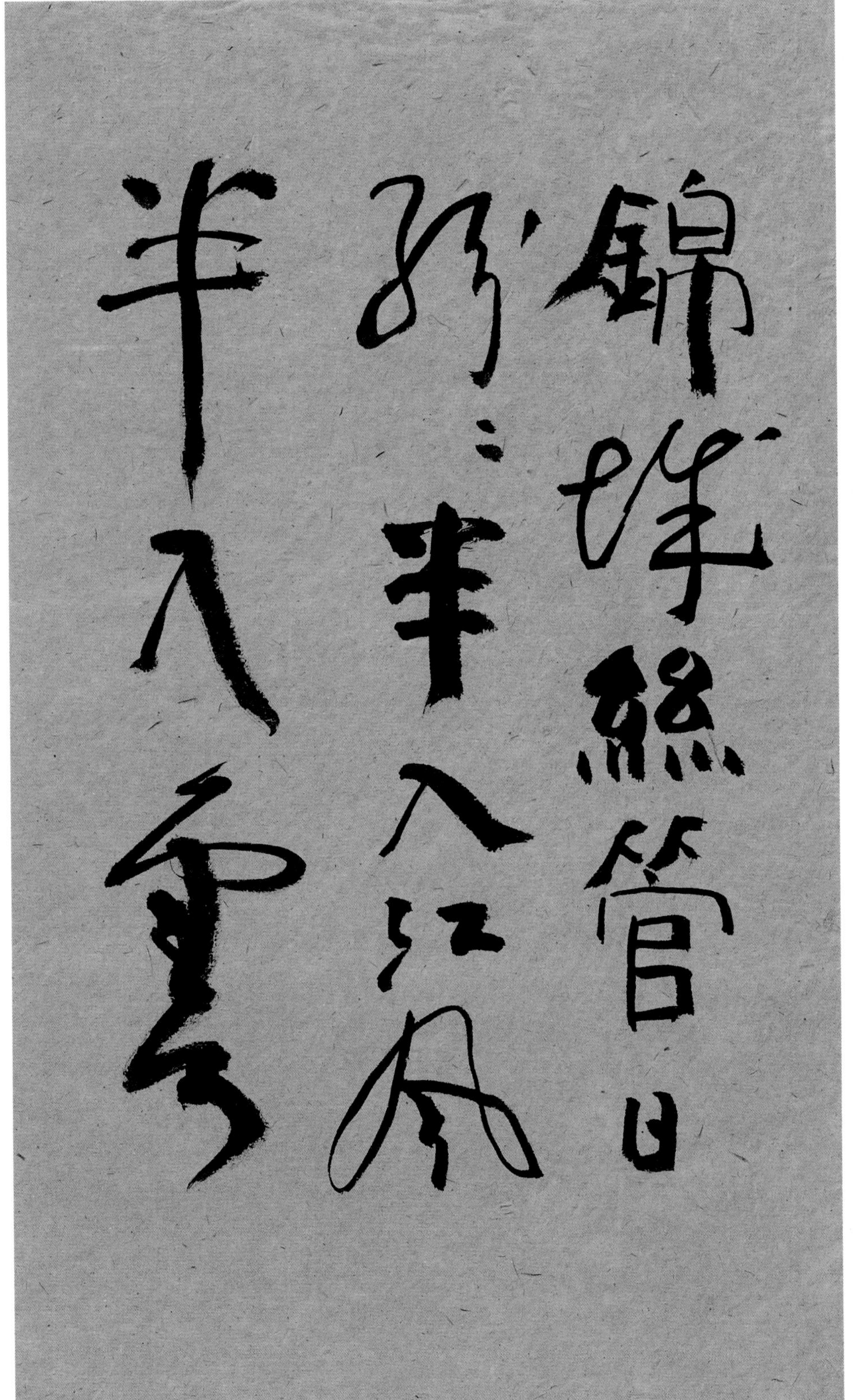

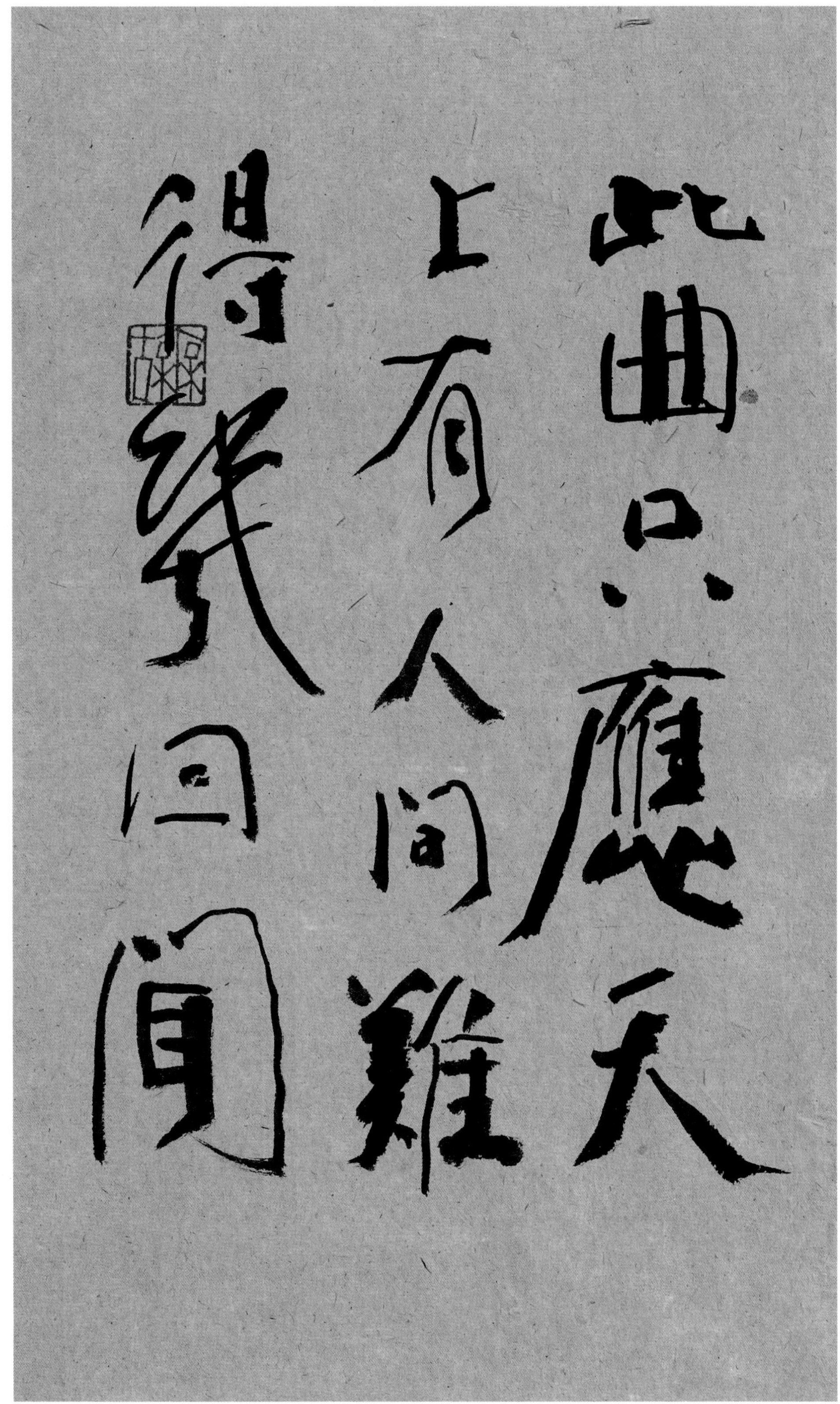
此曲只應天
上有人間難
得幾回聞

◀ 江南逢李龟年　纸本　22cm × 35cm × 3

江南逢李龟年　【杜甫】

岐王宅里寻常见，崔九堂前几度闻。
正是江南好风景，落花时节又逢君。

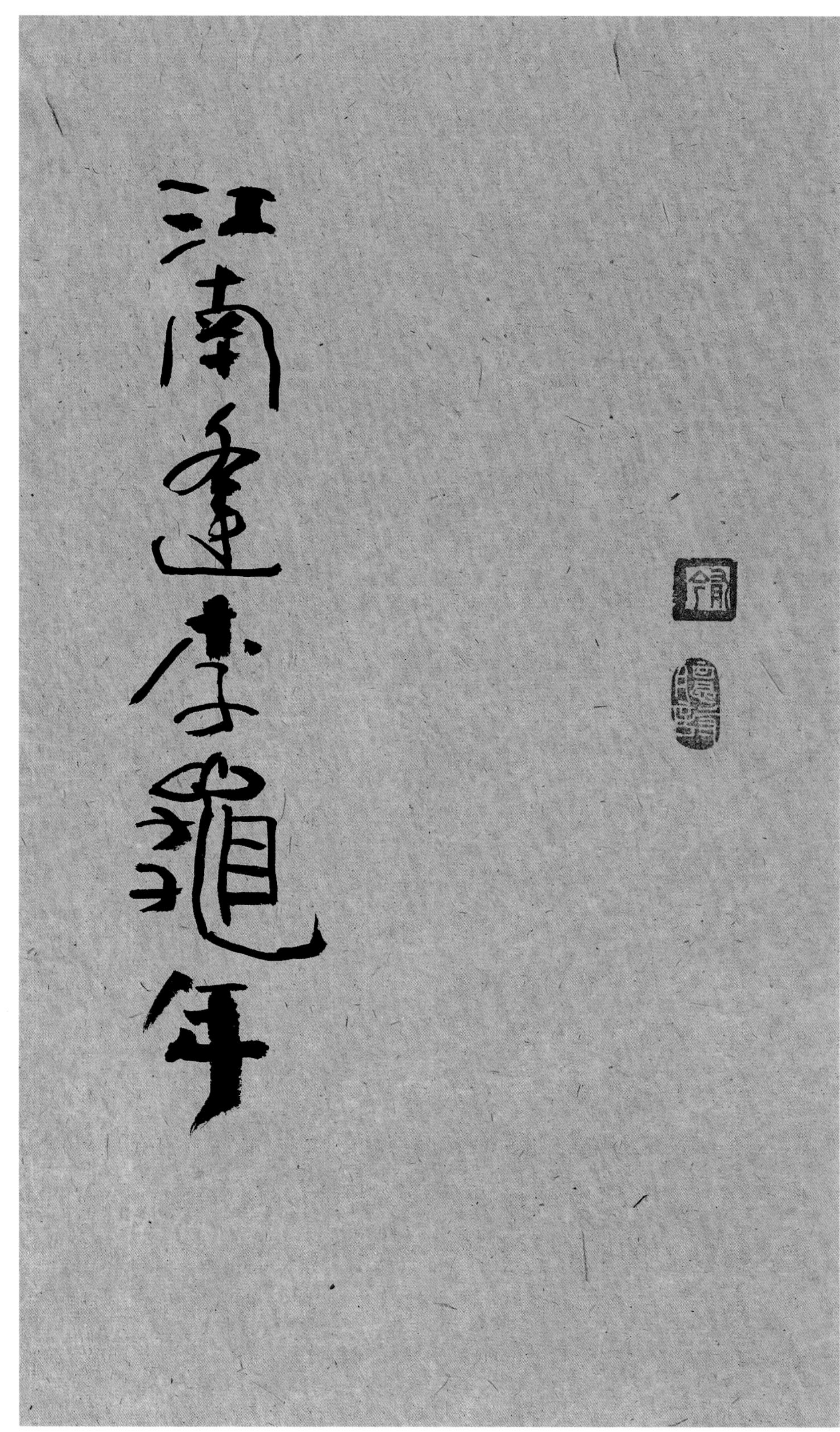
江南逢李龟年

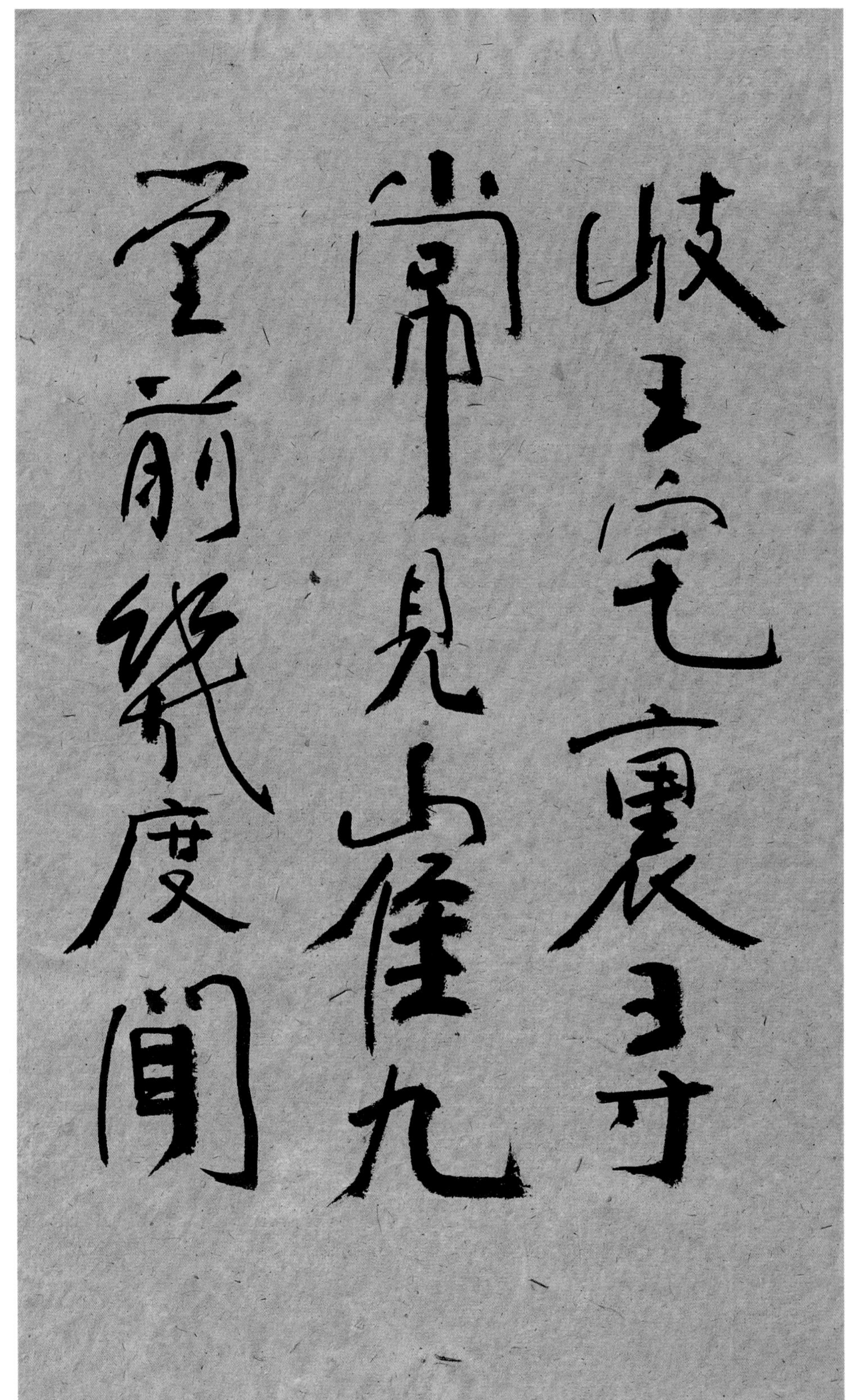
岐王宅裏尋
常見崔九
堂前幾度聞

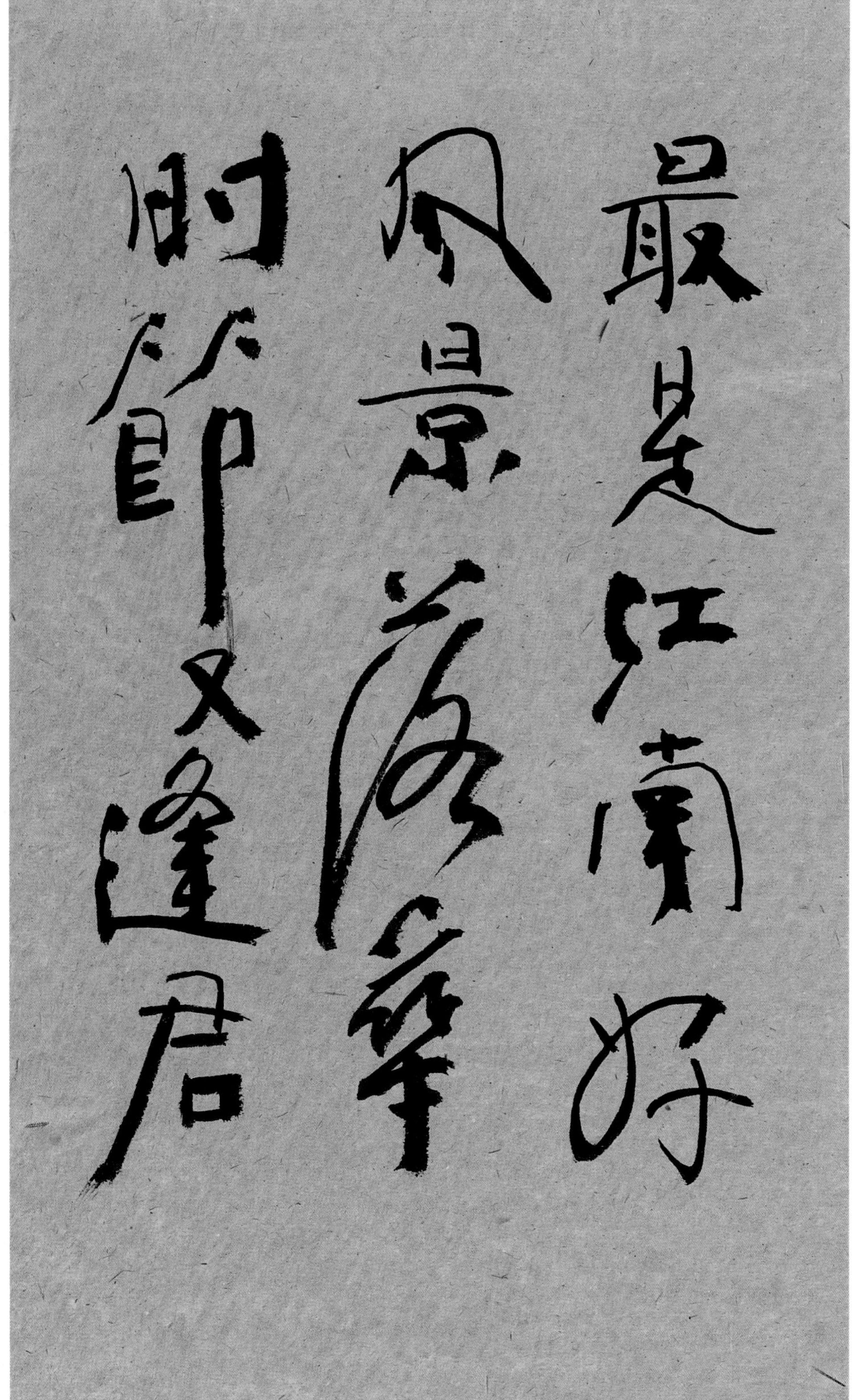
最是江南好
風景落花
时節又逢君

◀ 登岳阳楼　纸本　24cm × 36cm × 3

登岳阳楼 【杜甫】

昔闻洞庭水，今上岳阳楼。
吴楚东南坼，乾坤日夜浮。
亲朋无一字，老病有孤舟。
戎马关山北，凭轩涕泗流。

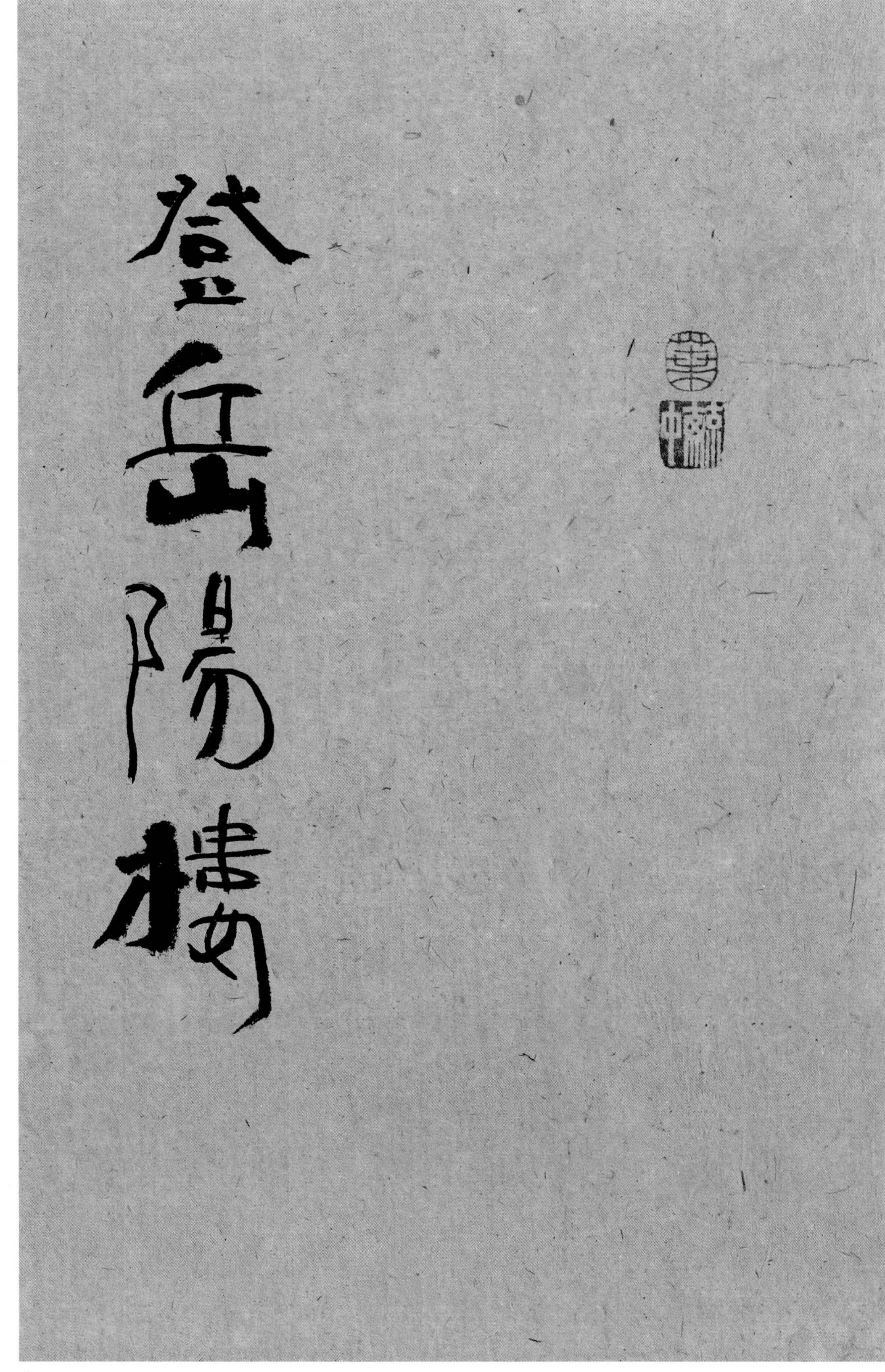
登岳陽樓

昔聞洞庭水今
上岳陽樓
吳楚東南坼
乾坤日夜浮

亲朋無一字
老病有孤舟
戎馬關山北
凭軒涕泗流

◀ 客 至　纸本　23cm × 28cm × 7

客 至【杜甫】

舍南舍北皆春水，但见群鸥日日来。
花径不曾缘客扫，蓬门今始为君开。
盘飧市远无兼味，樽酒家贫只旧醅。
肯与邻翁相对饮，隔篱呼取尽余杯。

舍南舍
北皆春
水但見

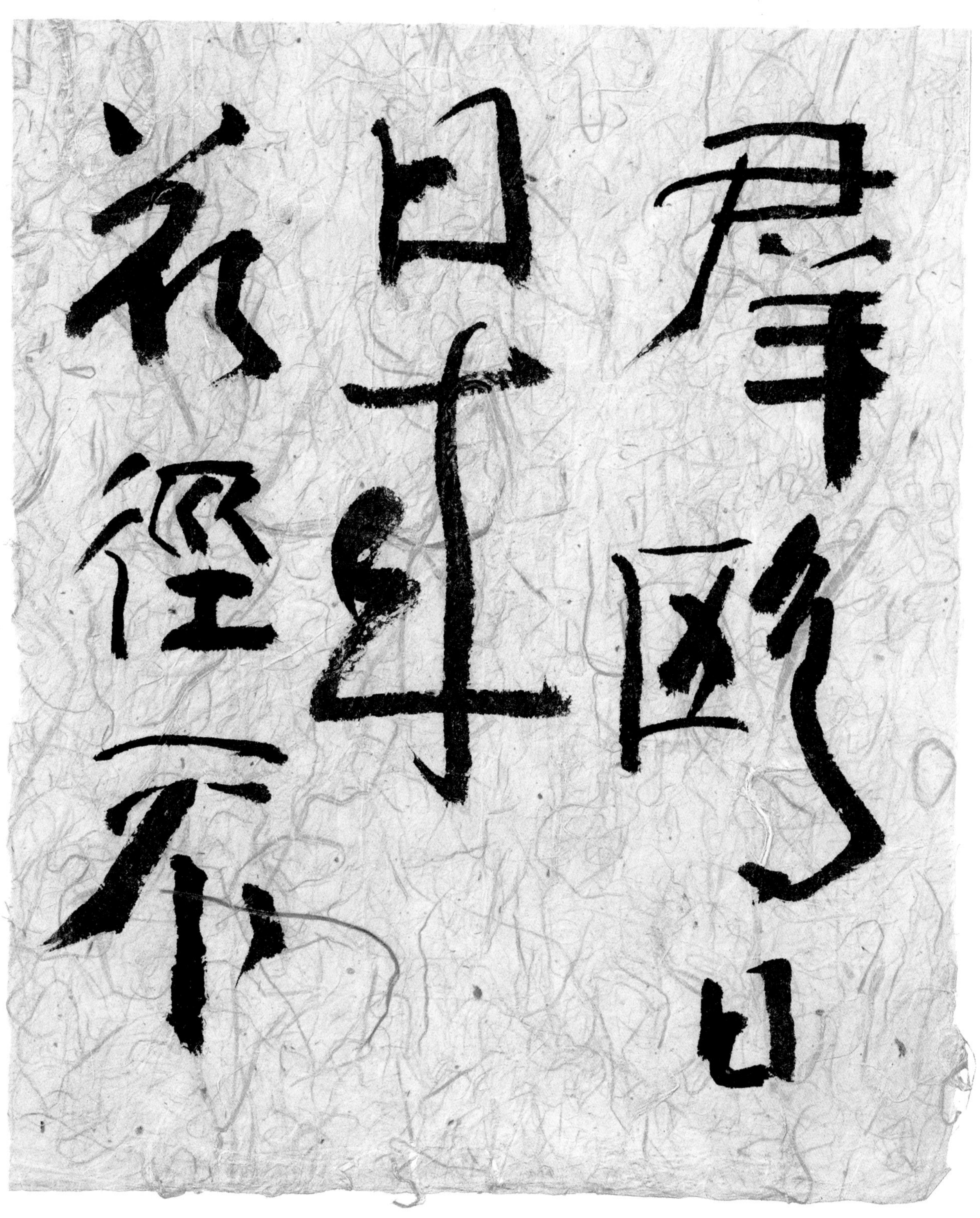

盘飧市远无兼味
樽酒

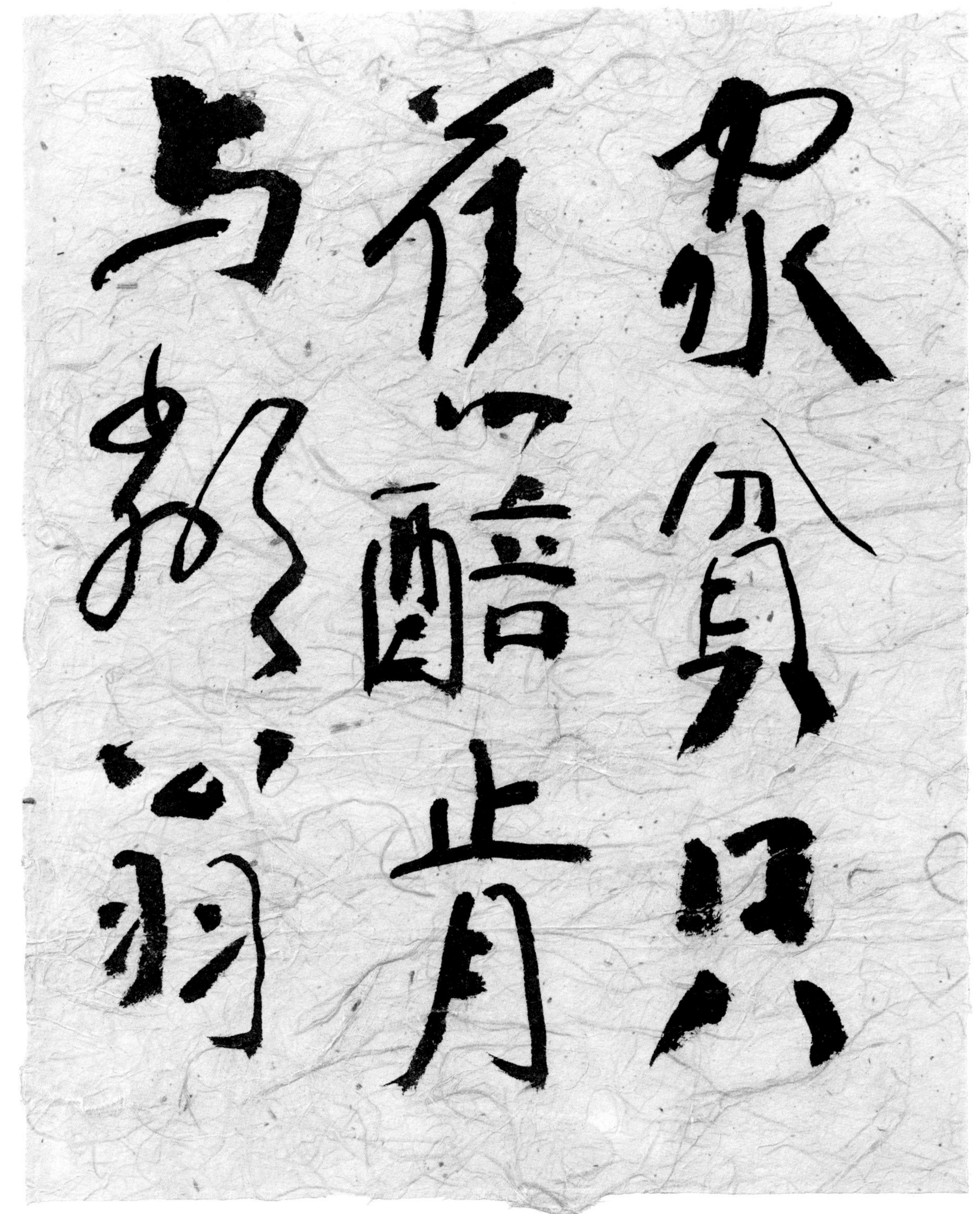

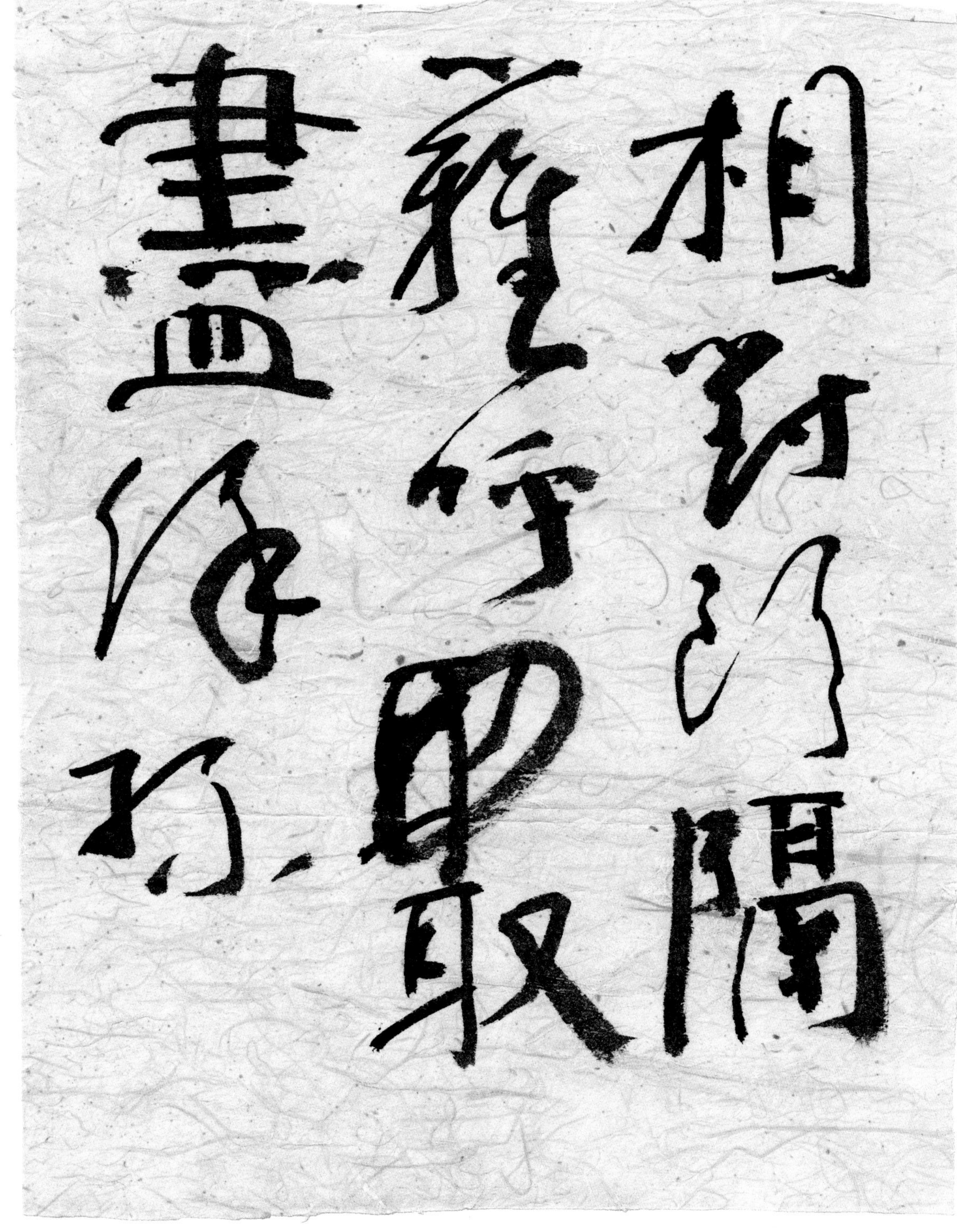

◀ 房兵曹胡马　纸本　26cm × 38cm × 3

房兵曹胡马 【杜甫】

胡马大宛名，锋棱瘦骨成。
竹批双耳峻，风入四蹄轻。
所向无空阔，真堪托死生。
骁腾有如此，万里可横行。

房兵曹胡馬
胡馬大宛名
鋒棱瘦骨成

竹批双耳峻
風入四蹄轻
所向無空阔

真堪托死生
驍騰有如此
萬里可橫行

◀ 千字文(草书)　纸本　2001年　22cm × 30cm × 18　(局部摘录)

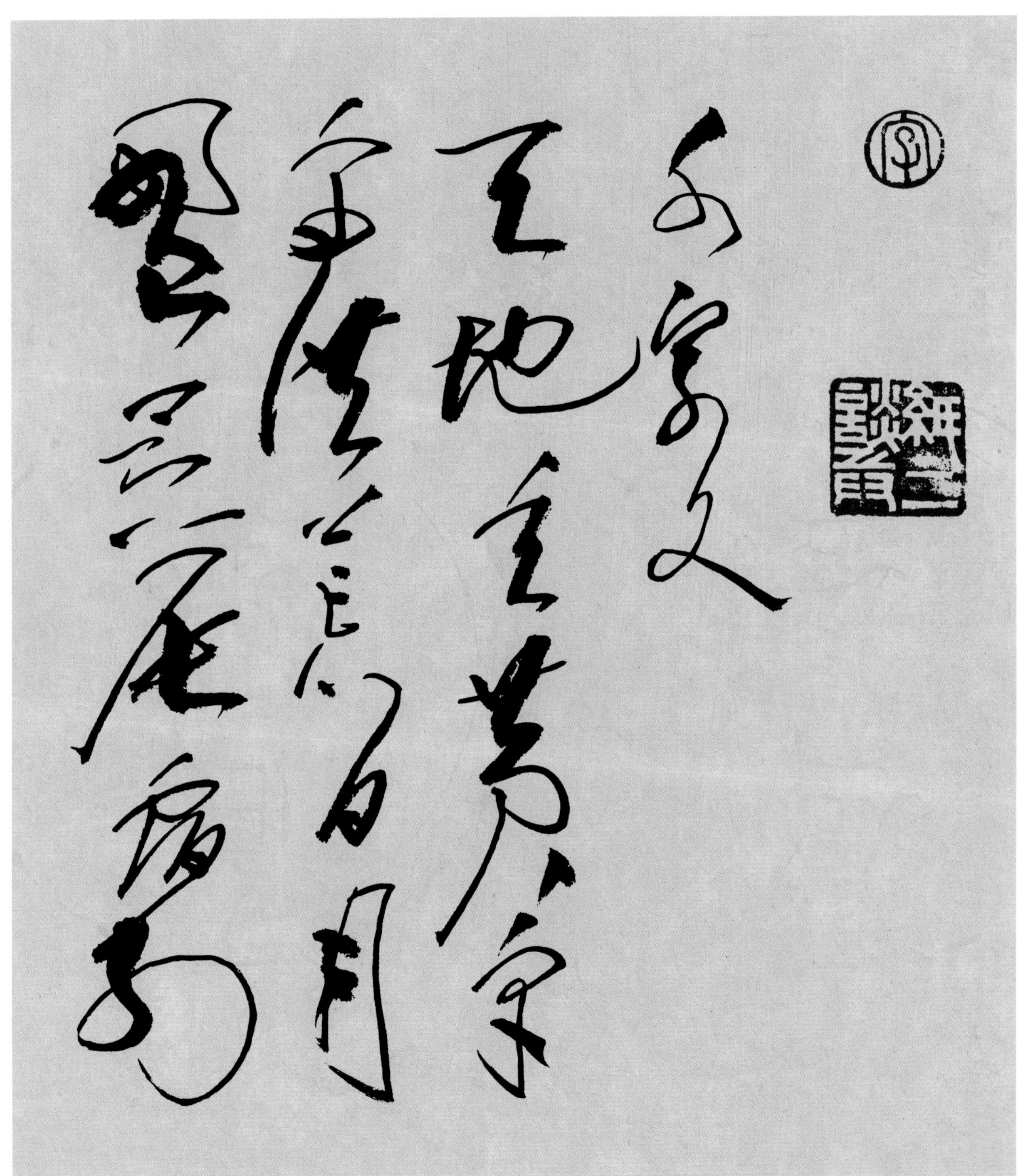

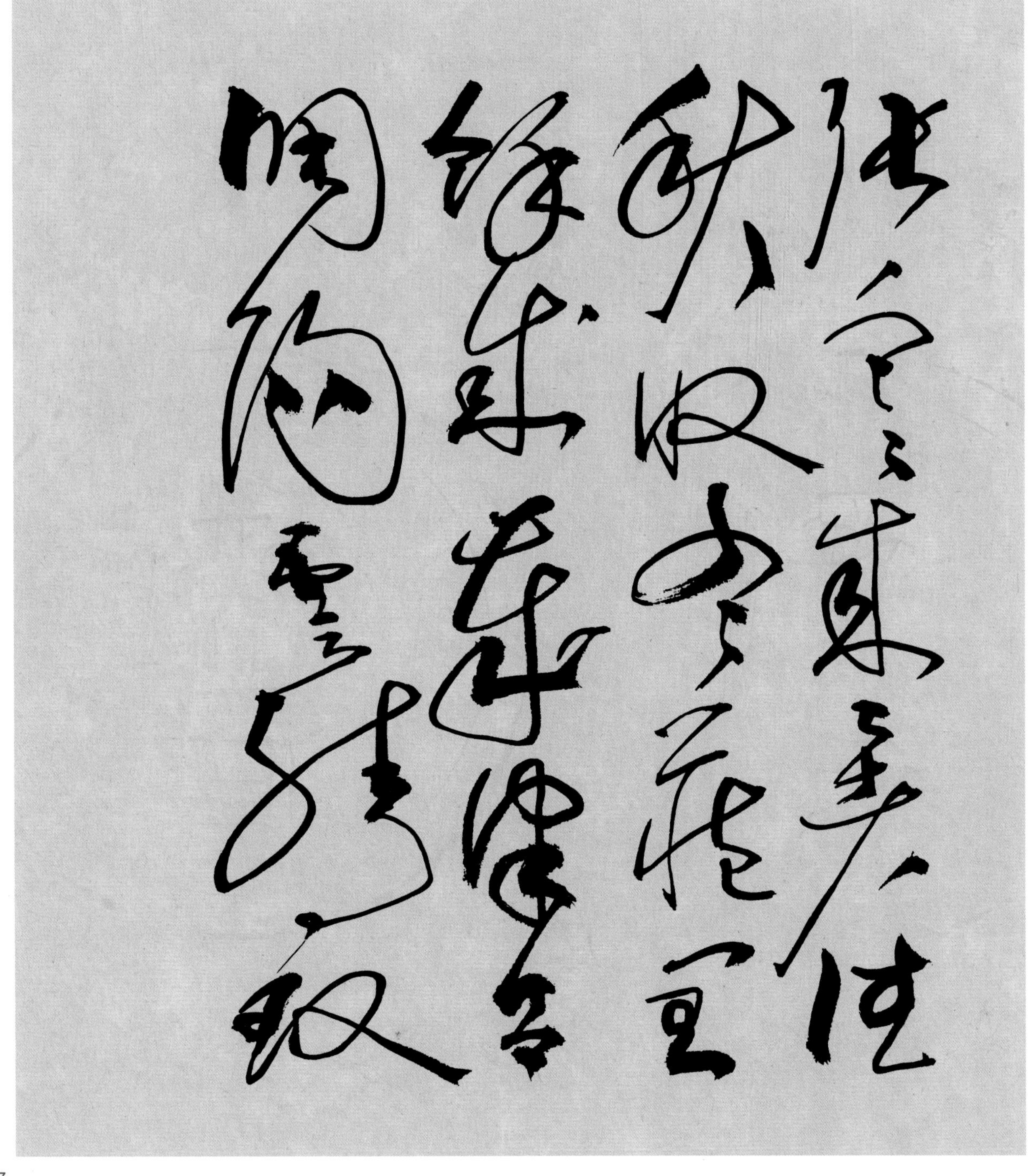

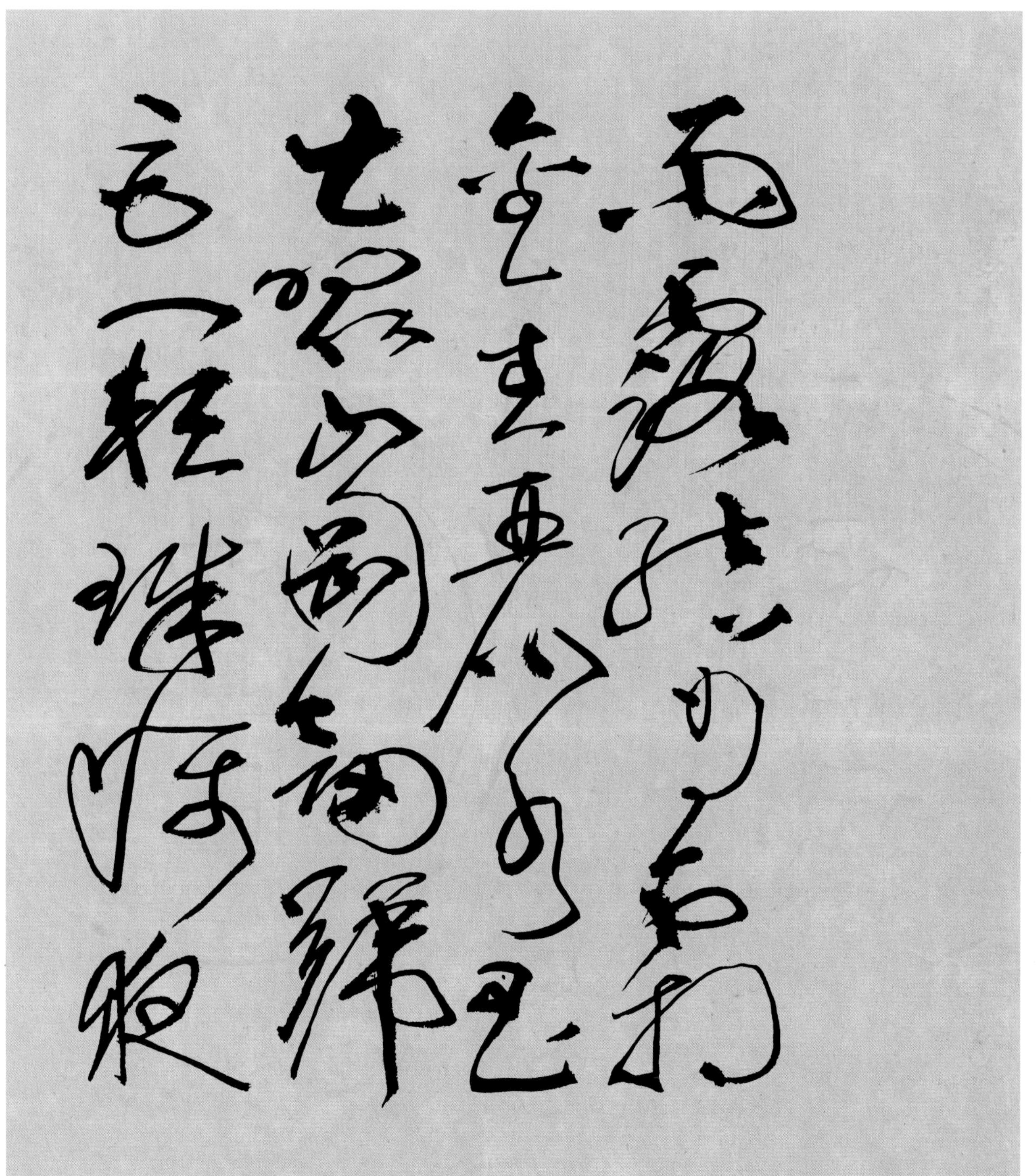

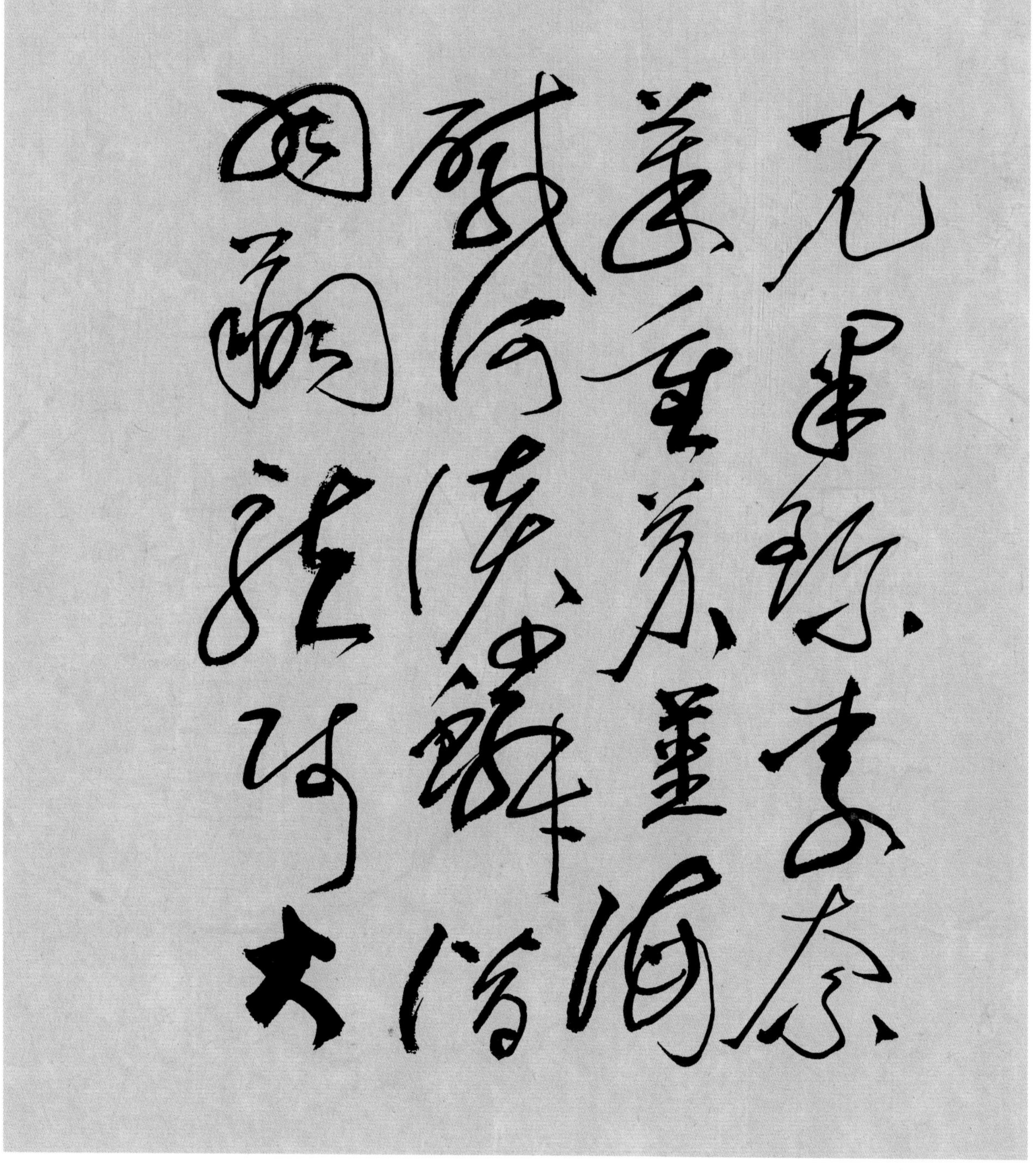

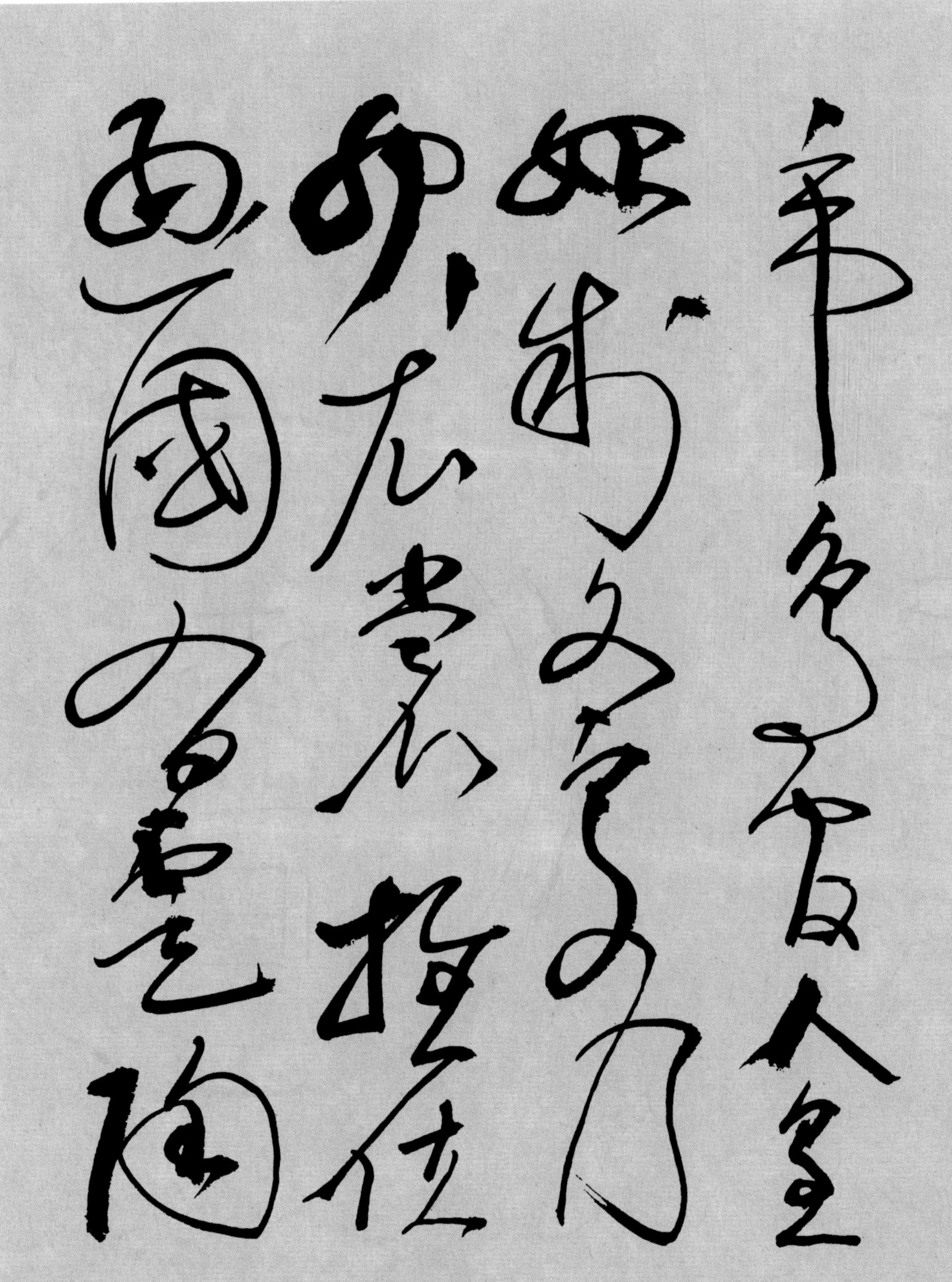

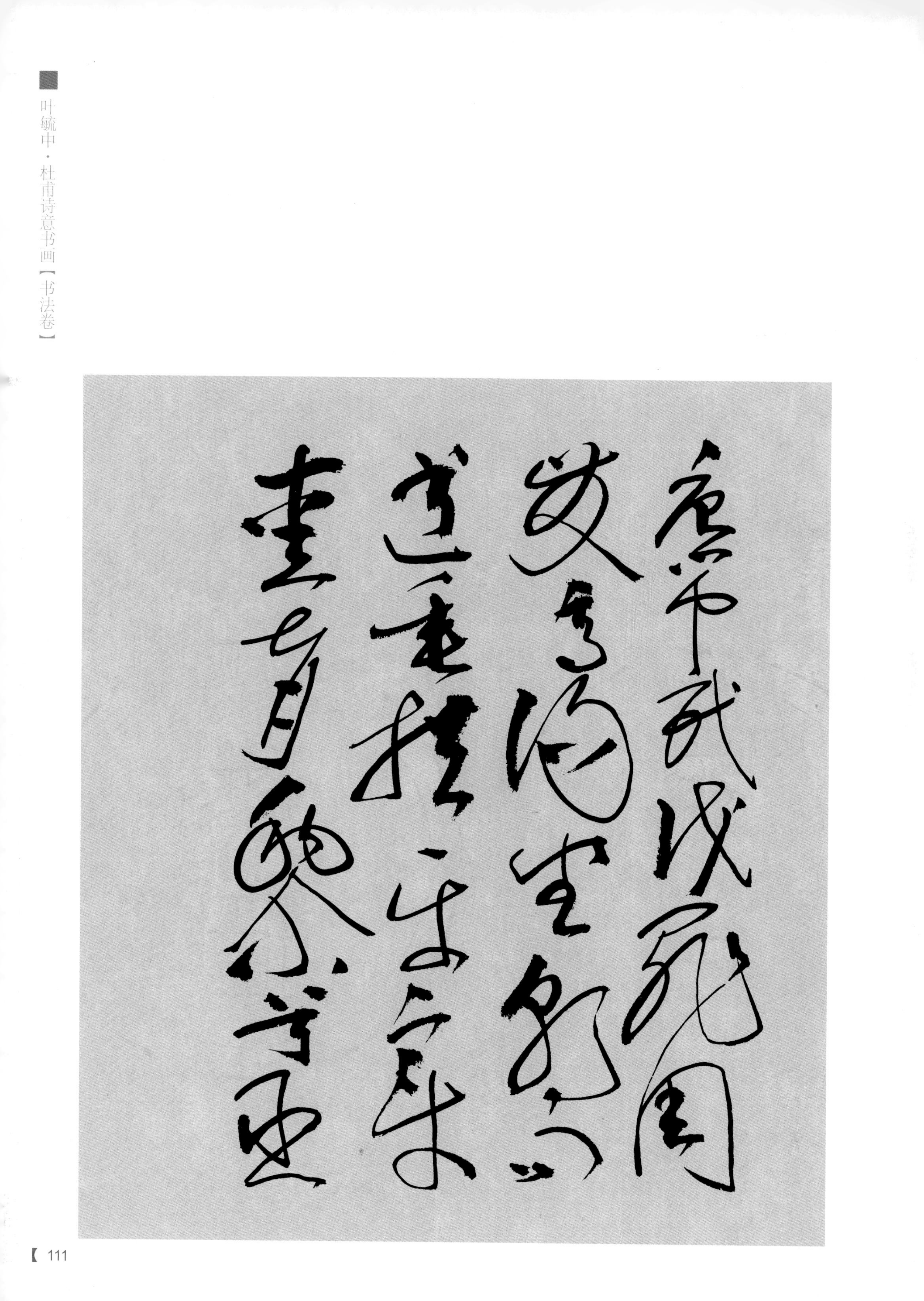

庾信文章老更成
凌云健笔意纵横
[illegible]
七月毓中书

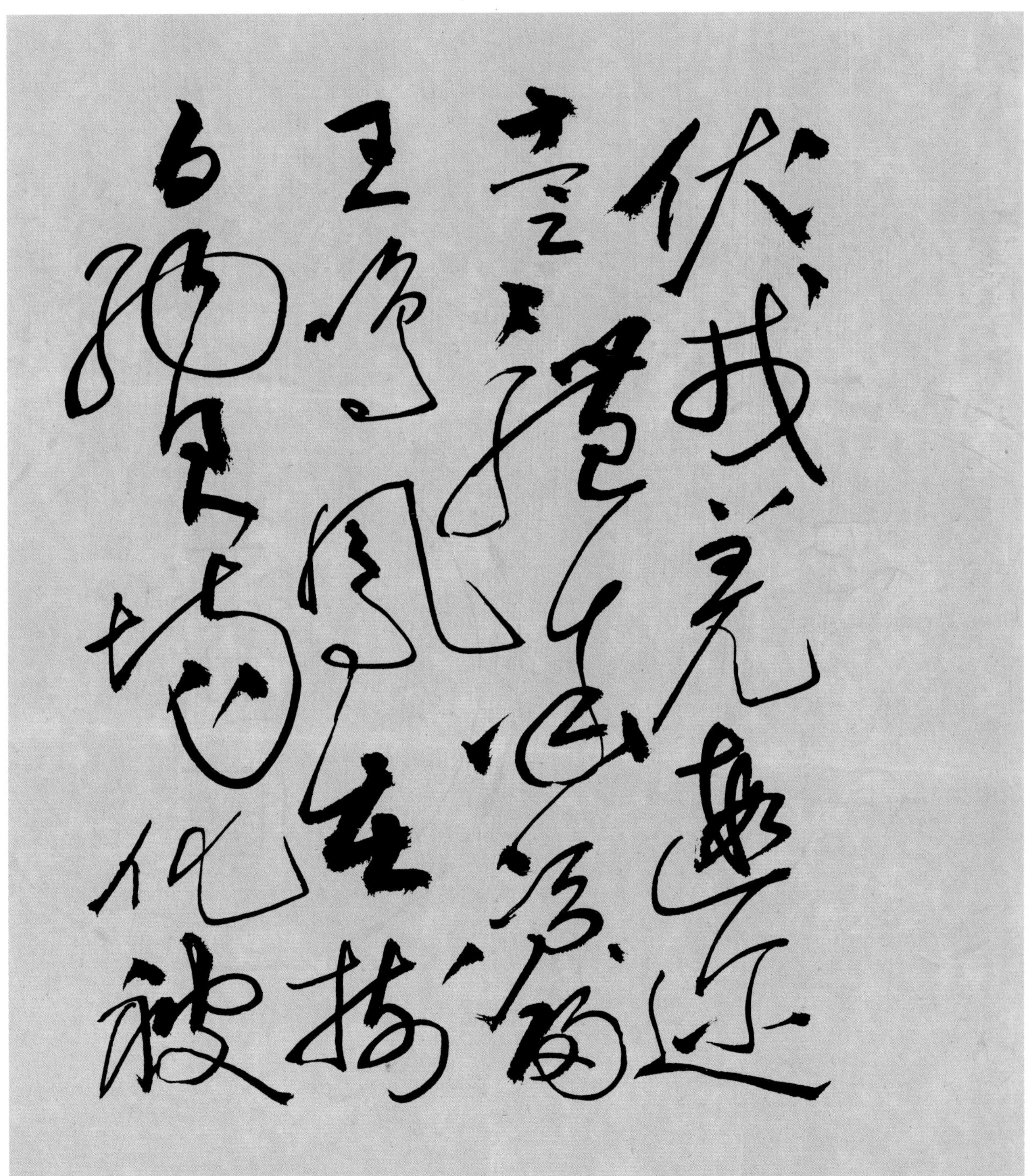

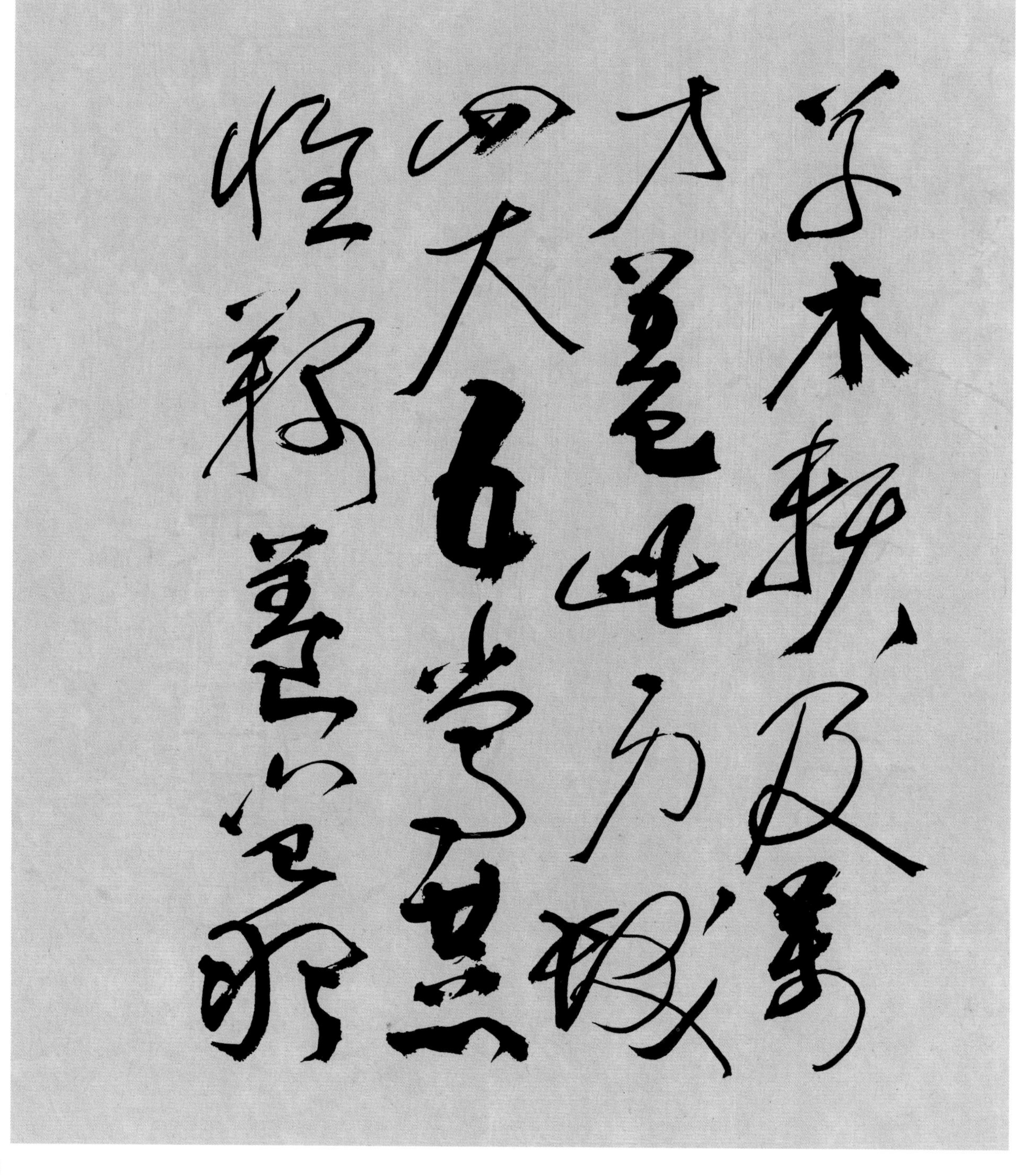

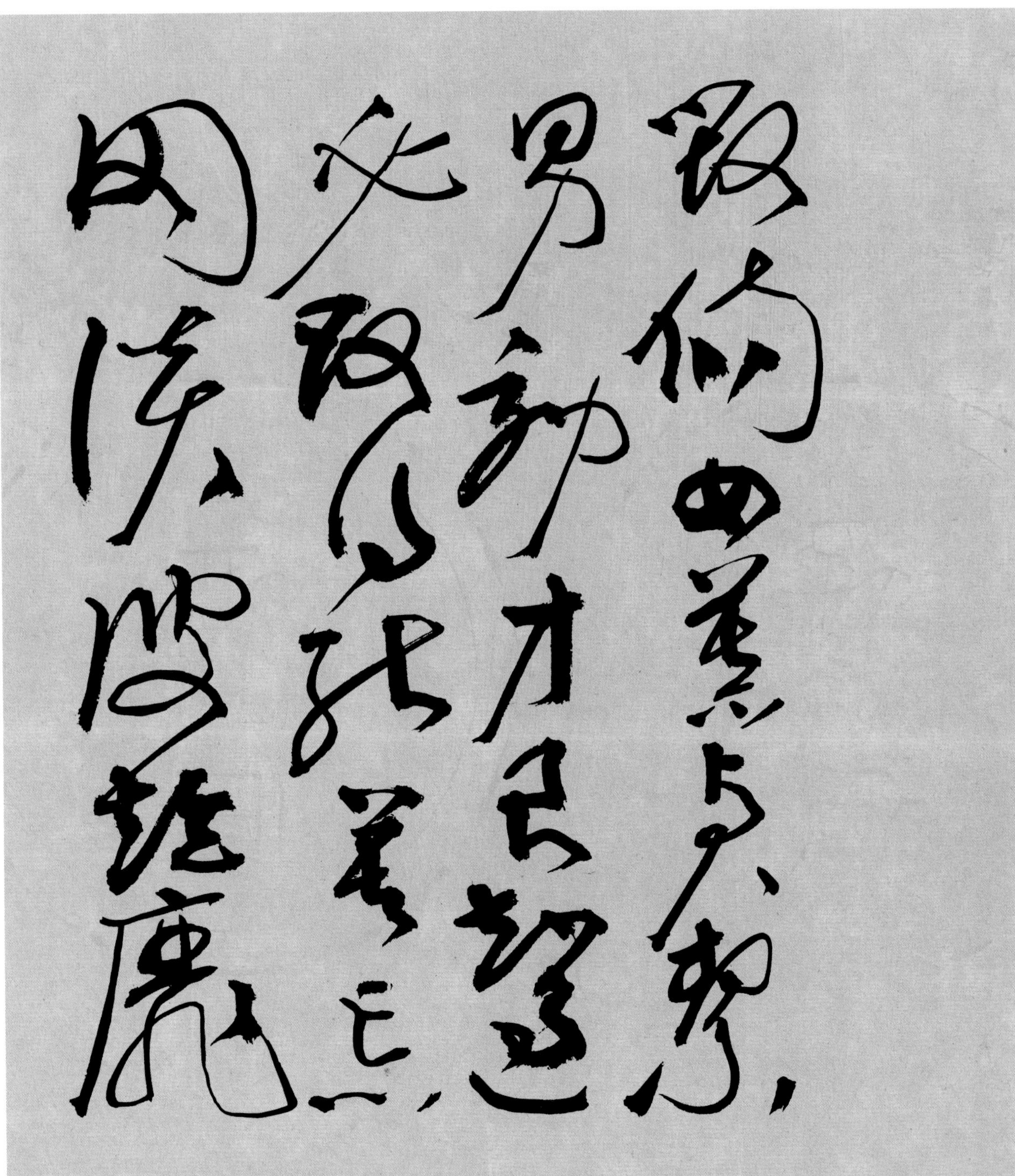

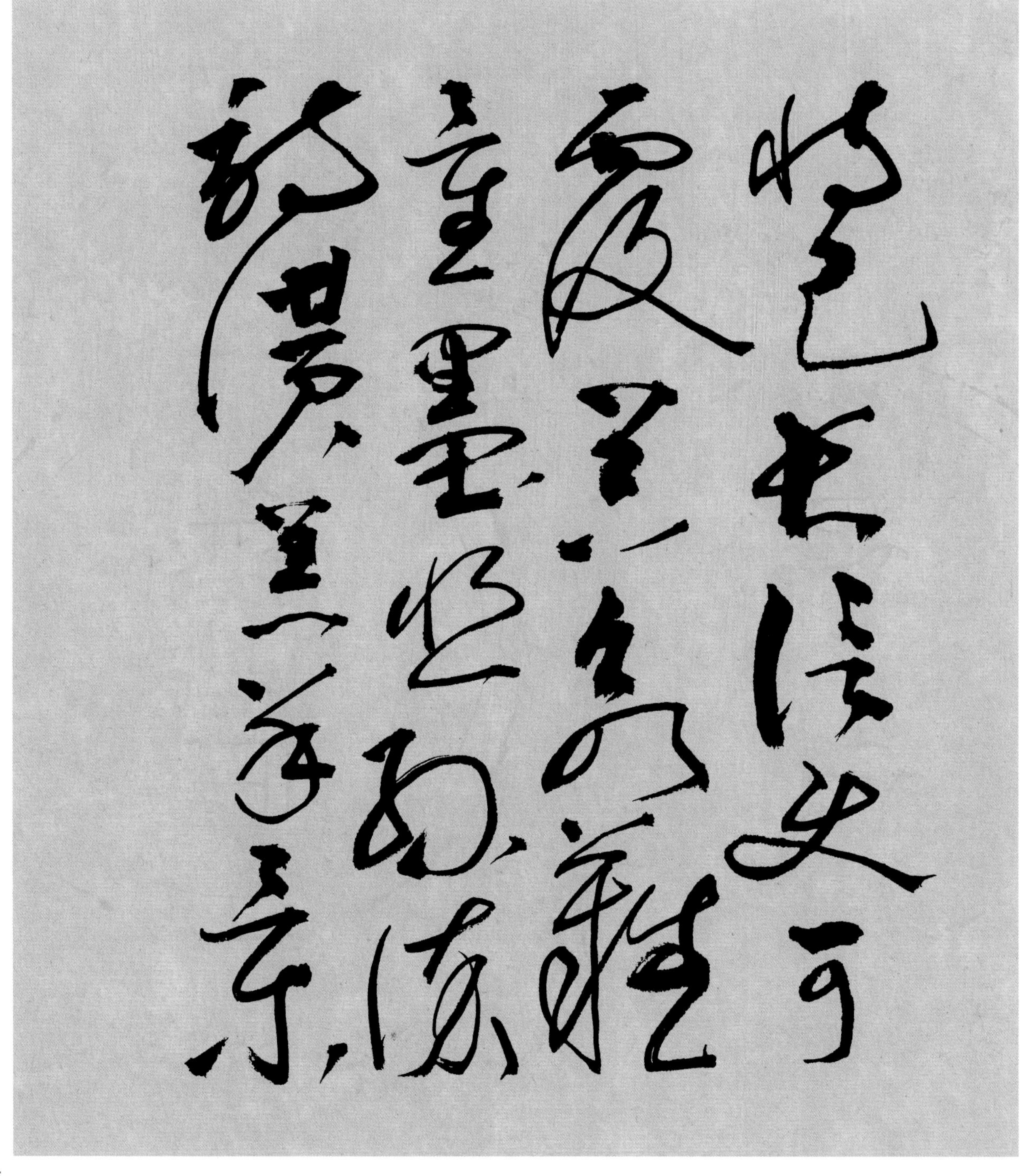

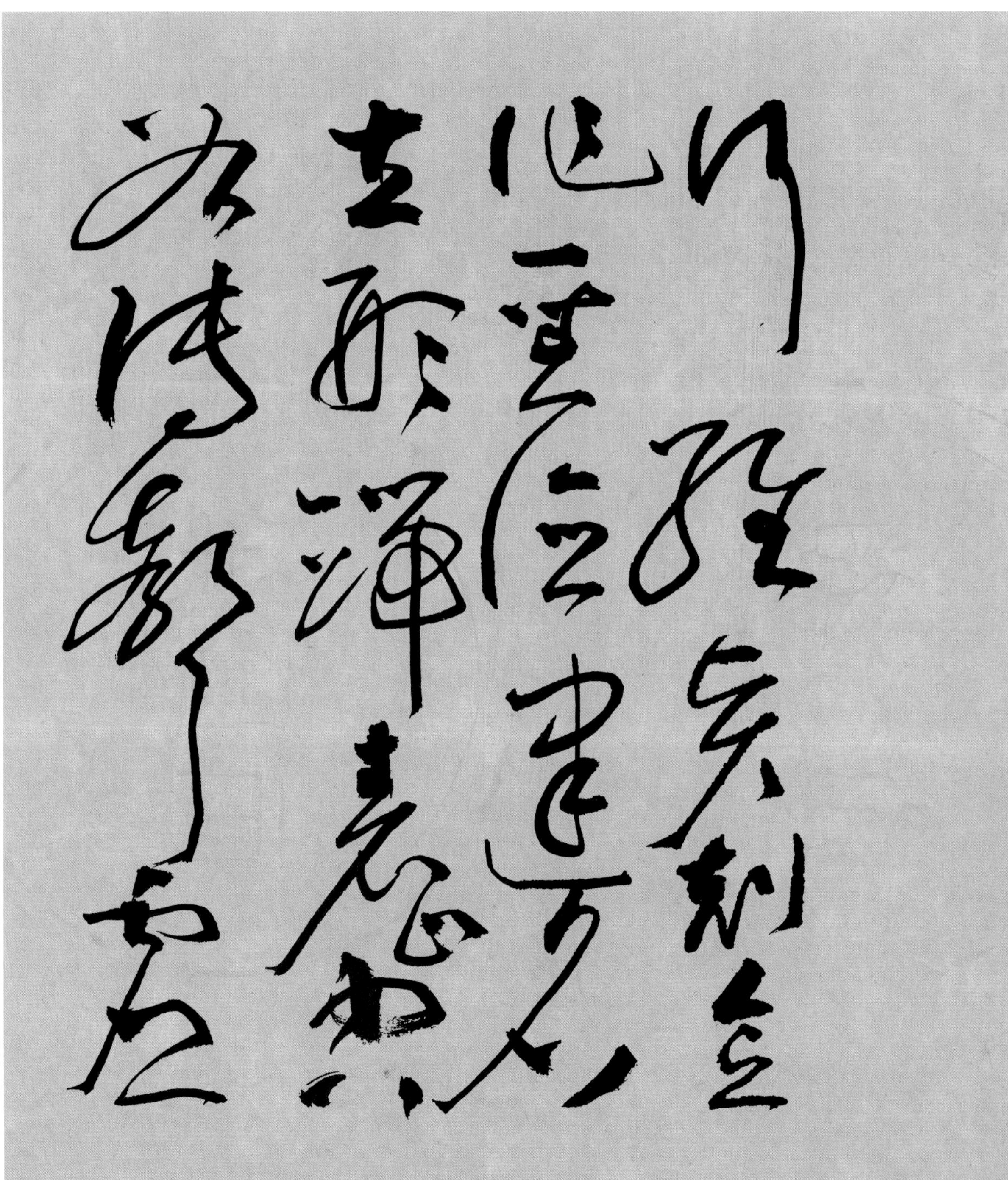

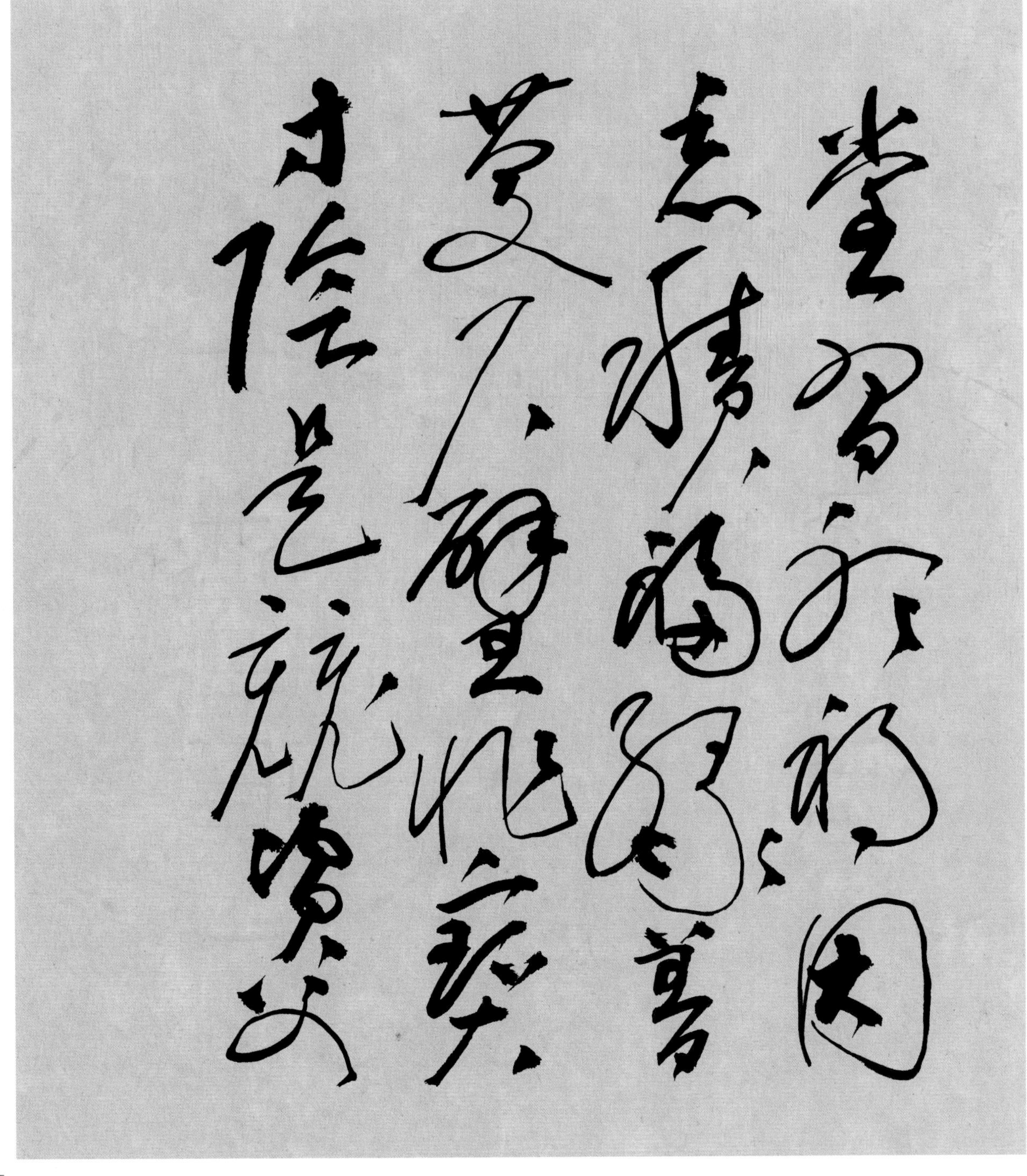

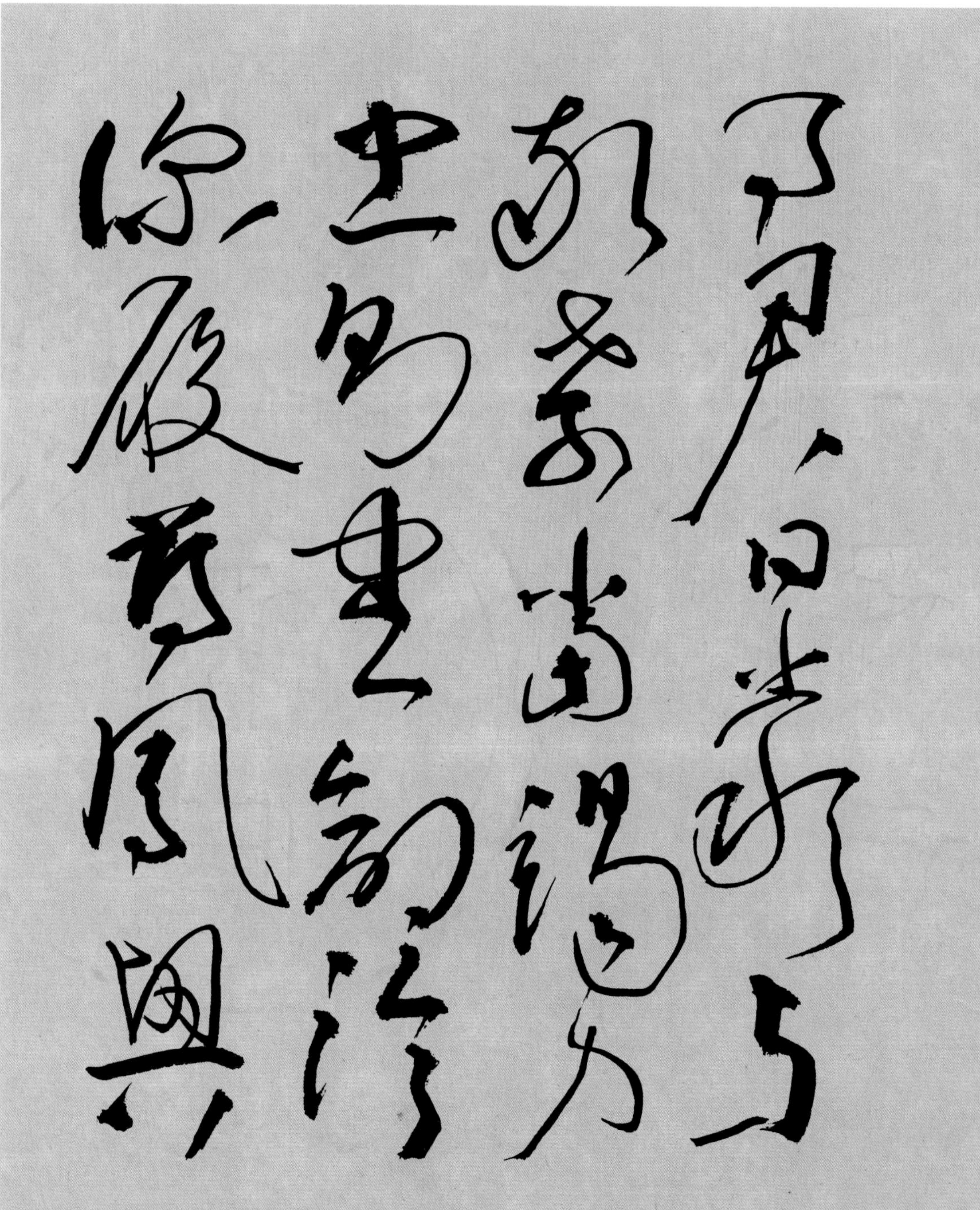

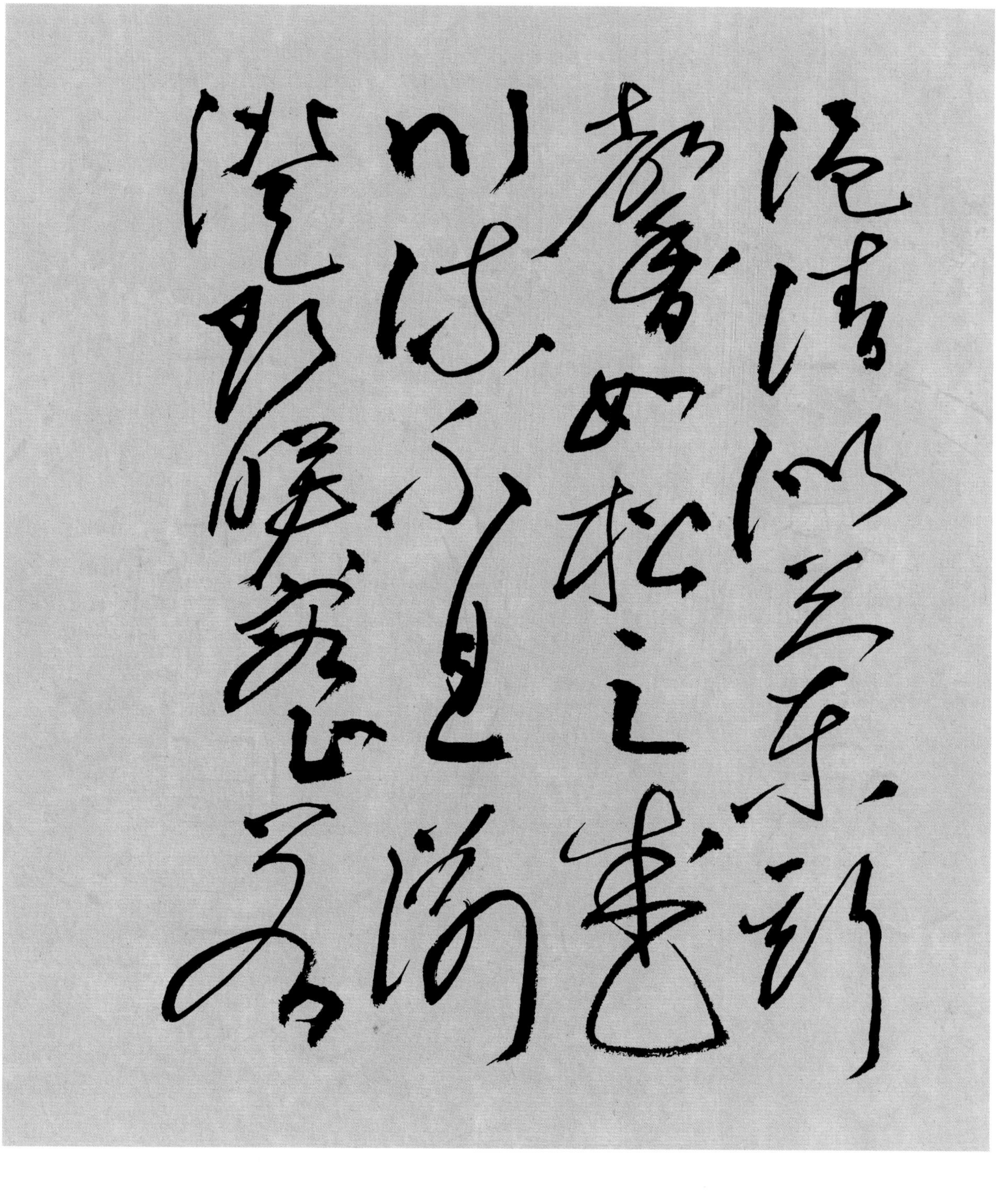

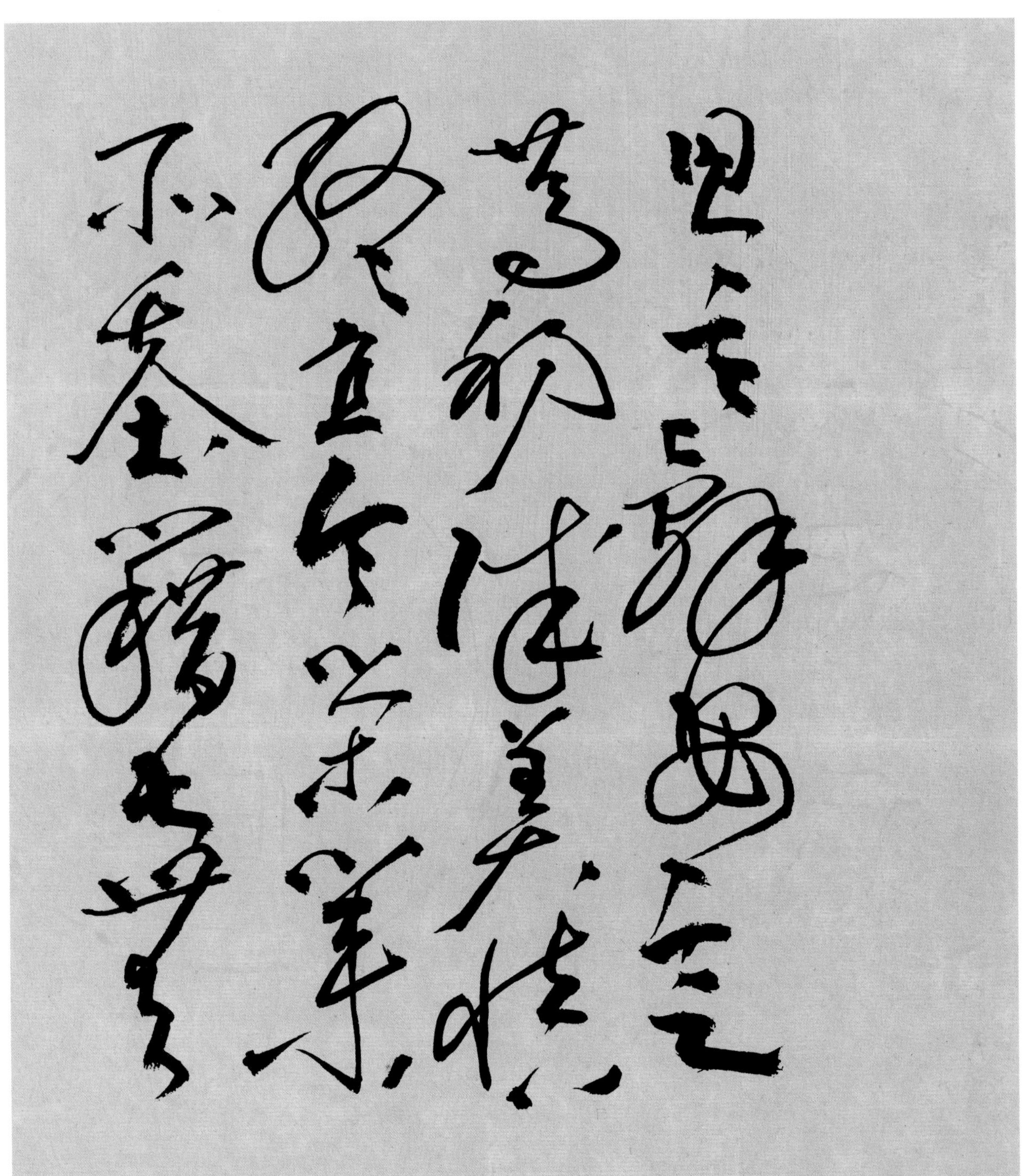

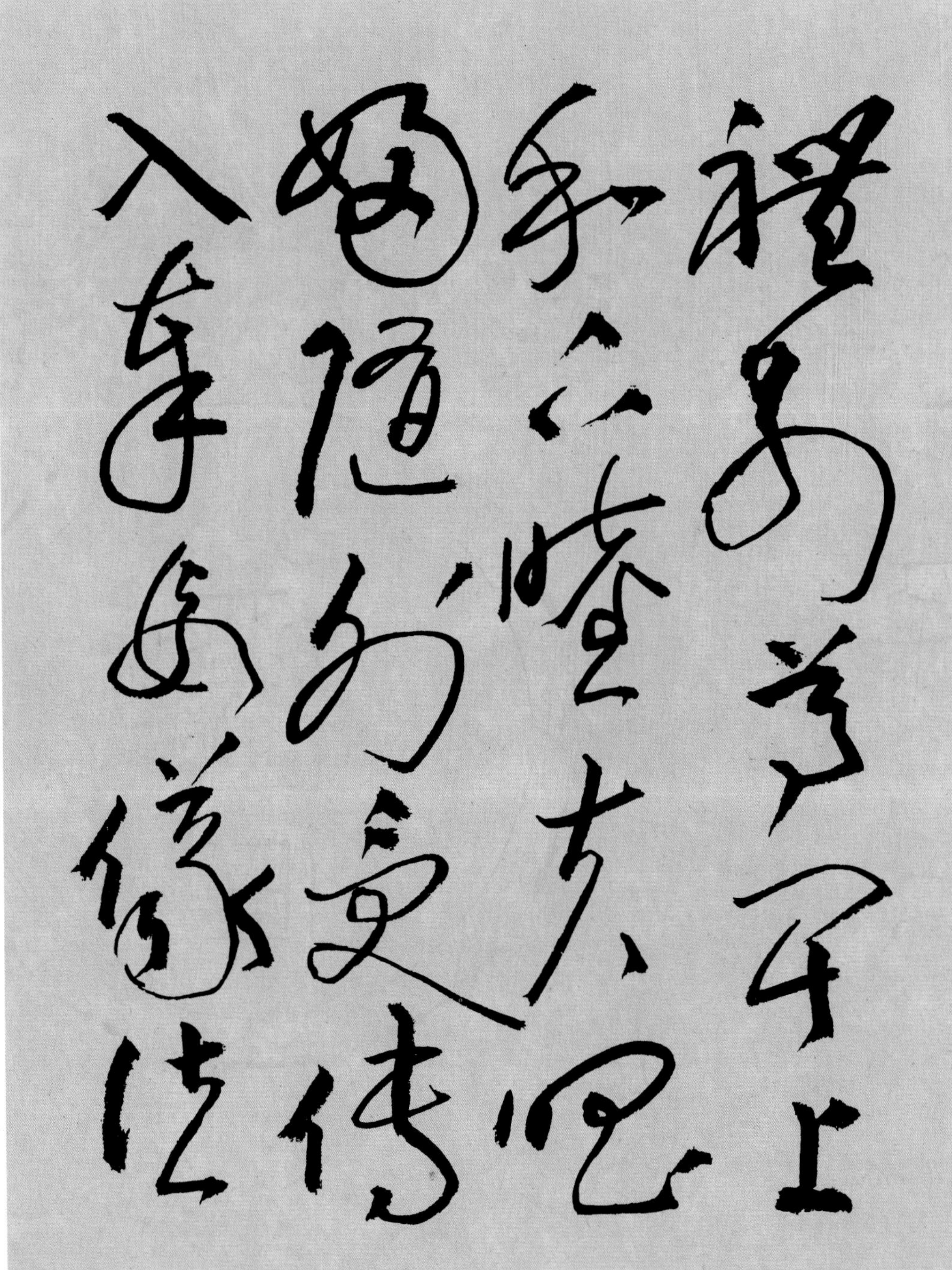

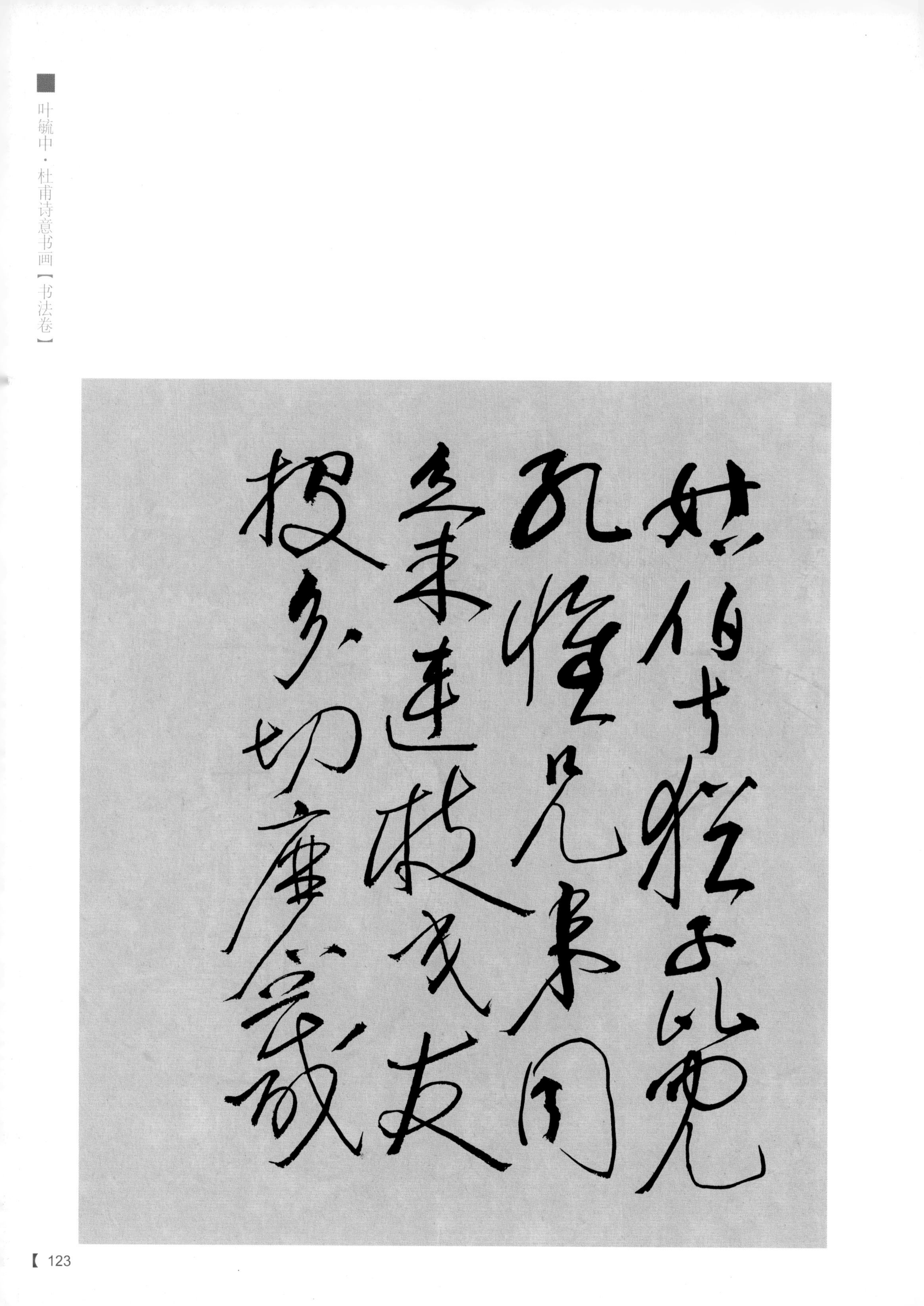

图书在版编目(CIP)数据

叶毓中·杜甫诗意书画. 下卷，书法卷 / 叶毓中书.
成都：四川美术出版社，2007.5
ISBN 978-7-5410-3299-8

Ⅰ.叶… Ⅱ.叶… Ⅲ.①汉字-书法-作品集-中国-现代②中国画-作品集-中国-现代 Ⅳ.J222.7

中国版本图书馆 CIP 数据核字(2007)第 049479 号

叶毓中·杜甫诗意书画(下卷)【书法卷】
YEYUZHONG DUFU SHI YI SHU HUA

策　　划　王　进　周维扬
责任编辑　张大川　王富弟
装帧设计　张大川　冯　劲
责任校对　张　杰
责任印制　曾晓峰
出版发行　四川出版集团·四川美术出版社
成都市三洞桥路 12 号　邮政编码 610031
成品尺寸　210mm×285mm
两卷印张 16　图片 163 幅　字数 30 千
制　　版　四川省启源制版印务有限公司
印　　刷　深圳市森广源印刷有限公司
版　　次　2007 年 5 月第一版
印　　次　2007 年 5 月第一次印刷
书　　号　ISBN 978-7-5410-3299-8
定　　价　精装：260.00 元　平装：180.00 元(二册)

■ 版权所有·翻印必究
■ 本书如有缺页、破损、装订错误，请寄回印刷厂调换